我自 流浪，
心自 远方

KEEP CLAM
AND
CARRY ON

马小鱼 ◆ 著

红旗出版社

你永远不知道，
旅行中会听见什么故事、
会产生什么样的情绪；
也不知道，
今天遇见的人，
以后还会不会再见面。

但这一生，
总是会有人离开，
也总是会有人出现！
别怕，
有一些人，会一直在。

/你会不会突然地出现,在街角的咖啡店/

/ 土耳其 · 卡帕多奇亞 /

/布拉格/

/ 锁桥 /

目 ...

推荐语 1
自序 出发前,请勇敢 1

Chapter 01 英国:私奔到天涯海角

- 002
生命需要尖叫
- 013
爱情曾经来过
- 020
顽固的人不喊累
- 030
玫瑰上的英格兰

- 006
厌倦了伦敦,就厌倦了生活
- 017
街角的咖啡馆
- 024
高山上的蓟花
- 045
再见,大不列颠

··· 录

Chapter 02 希腊：把异乡当归处

- 052
把他乡当故乡
- 059
逃离喧嚣，看日出日落
- 070
不想离开，需要理由吗?

- 056
让我们乘着阳光
- 065
萍水相逢，念念不忘

Chapter 03 德国：穿过人群拥抱你

- 074
穿越时空的旅行
- 086
两个人的狂欢
- 095
巴伐利亚的泪滴
- 106
爱像一阵风

- 082
彩虹深处
- 092
此生最美的风景
- 099
止战之殇

Chapter 04 巴塞罗那：跟着高迪去飞翔

- 112
午夜巴塞罗那
- 116
遥不可及的梦
- 121
为什么流浪
- 124
心在路上

Chapter 05 布拉格：一起跳着舞旋转

- 128
说走就走的旅行
- 132
有生之年，欣喜相逢
- 136
生命不能承受之轻
- 138
布拉格广场
- 142
想回到过去
- 146
如果我变成回忆

Chapter 06 匈牙利：布达佩斯之恋

- 152
时光盗不走的旅行
- 160
无关风月，只为真心
- 168
陪你到世界的终结

- 156
一个人的好天气
- 166
不要和陌生人说话

Chapter 07 土耳其：埋葬记忆

- 176
消失的旧时光
- 182
一生只够爱一个人
- 190
一闪一闪亮晶晶
- 198
我要飞得更高

- 178
愿岁月安好
- 186
你就是我心中的棉花糖
- 193
人生在于遇见谁

后记

推荐语

  因为工作关系,总是每天面对画桌、颜料和白纸,只能通过网络、拍照、电影等有限的方法去营造一个氛围、虚构一座城市。也许画过了无数的风景,但始终为未曾与他们谋面而感到遗憾。当导演告诉我要画得更欧洲些、更有当地的空气质感和湿度时,我毫无头绪。了解到小鱼,正在酝酿自己人生的第一本书,恰好是关于欧洲旅行。从她的文字中,我感受到了不同地域、不同国家的风土人情,我的灵感便由此而生了。

——刘雨轩
2012年进入日本吉卜力工作室
现就职于株式会社dehogallery,担任美术

"这是一杯为身体和情绪补充能量的下午茶。"马小鱼的文字细腻,富有感染力,她笔下的城市,沁透着她精致、自信和优雅。青春的我们都曾经迷茫,对于远方我们都在坚持与放弃之间动摇。独自留学,坚持旅行的马小鱼,对此会有更丰富、更深刻的感悟。这本书包含了温暖、人性和生活的点滴,也是马小鱼在游学中一直坚持的东西。聆听马小鱼的旅行故事,看青春如何放肆的活。

——汗斯

西藏蔓峰探险公司创始人、千日寻峰计划发起人

你会不会因为一张照片而爱上一个人、恋上一座城、想去某个地方?看着小鱼浪漫主义情怀的插画,让我想去她画中的地方、品尝她笔触下的美食,甚至想认识一下这个爱笑的姑娘。二十几岁是姑娘们最美好的年纪,小鱼将青春的足迹留在世界各地,配以感性的文字、绚烂的色彩画,带你走进一个姑娘最繁花似锦的青春。

——杨双嘉@喜喜YSJ

《到最美的风景停下来》作者

自序
出发前,请勇敢

当你真心想做一件事情的时候,全世界都会来帮你。
——《牧羊人少年奇幻之旅》

你有过这种感受吗?

某天醒来,睁开眼睛,脑袋空空如也。

发觉工作、学业、生活,百无聊赖,平淡无奇。每天早起,上班、上学,挤地铁、挤公交,一整天坐在电脑前、教室里,下班又急冲冲地回家。

你有没有想过,你这么忙碌,究竟在忙什么?

你想过离开吗?

你可能会有无数要远行的念头,却只缺少一份出发的勇气。

有一个故事我想分享给你:有一个乞丐,他天天在上帝面前祷告:上帝啊,求求你保佑我中500万吧。日复一日年复一年,一天上帝实在看不下去了,开口说:"想让我帮你,起码去买张彩票吧!"

故事虽小，却瞬间点醒了我。出发的念头，像风一样在我心里滋生。

我仰望着，墙上的世界地图。发现世界之大，而我只是沧海一粟。我之于世界，知之甚微。究竟，从哪里出发呢？

是三毛笔下，撒哈拉沙漠所在的非洲？还是原始部落，亚马逊丛林所处的拉丁美洲？亦或是社会高度繁荣的天之骄子美国？我的手指，在地图上，来来回回地画圈。

最后，我的指尖停在了恬静的大西洋彼岸——海洋性气候孕育下的欧洲。

该买的那张彩票，成了通往伦敦的机票。

欧罗巴，我要飞了。

出发前，我告诉自己：路是你自己选的，跪着也要走下去。马雯钰，你只是个平凡的女孩，万千追梦女孩中的一个。

想起身边出国的伙伴，总以为他们在国外，吃喝玩乐，不亦乐乎。

事实上，每个人都伪装着自己，小心藏起那些狼狈、艰辛和泪水。夜深了，苦涩的思乡情绪开始蔓延，陪留学生熬着漫漫长夜。原来，家是几小时的车程，现在变成了地图上长长的飞机弧线。

留学这条路，是我要走的。我告诉自己，要勇敢！

回想这段旅程：那是在我25岁前，我一共走了7个国家、20多个国家。

我一点点地铺开这段旅行卷轴，发现每段旅程都值得纪念。

伦敦流浪，差点去街头给人画像；在土耳其，坐午夜巴士却在车上看到最美的日出；在布达佩斯，被坏人尾随抢钱不成反被骚扰；在圣托里尼，一整夜仰望星空、听喜欢的音乐；在布拉格的查理大桥上，陶醉于街头艺人的大提琴演奏中久久不能自拔；在德国，和全系同学一起跟随老师学习最顶尖的建筑设计……

放下一切去陌生的国度，我的内心竟是这般坦荡。

看过这些风景，即使明天我将死去，也不会遗憾。

旅途中最珍贵的，莫过于那些未知的美景和陌生人的邂逅。未知的一切，不断刺激着我的每一个细胞。我感受到，我每寸肌肤，都像一个蓬勃的生命体，在成长着成熟着。

结束这趟长达两年的旅程，我回到了西安——我的家。

我发现了一个焕然一新的自己。旅行，让我收获了，我认为最美的品德：独立、勇敢、善良和坚强。

我的心、我的梦想，被旅行"折磨"得好坚韧、好无畏！

那你呢？你的梦想是什么？你被梦想带飞过吗？

"Dreams will keep me young.

It's old enough to stress."

厌倦了伦敦,就厌倦了生活。

UK
英国

\>\>Chapter 01

英国：私奔到天涯海角

Keep clam and carry on

生命需要尖叫

毕业之前,除了四处游玩,我几乎没有踏出过西安这片土地。以"乖孩子"的形象一路长大,没有不良习惯,也没有经历过任何的风浪与磨难。那个时候,常常会有人羡慕我这样的生活,但是我却隐隐有些遗憾,不要说感受春运时人潮拥挤的火车,连乘车上学的过程都觉得短暂——大学校园就在离家两个街口的地方。

第一次远行,是毕业那年父亲送我的一份礼物——欧洲之旅。虽说是跟着旅行团走马观花,却也足够打开我的视野。当我漫步在巴黎街头,看到白鸽掠过蔚蓝的苍穹,陌生人对我微笑,我暗许心愿:世界很大,我要去看看。于是当所有人还陷在就业的迷茫和异地恋的不舍之中时,我已经明确目标——从留学开启我旅行的脚步。

记得那天,第一次来英国,我拖着两大箱30公斤的行李,站在曼彻斯特国际机场，不知所措。尽管离开祖国的时候，我潇洒地告别、转身，把父母的担忧和泪水都留在了身后。但是陌生的环境，还是让我难以控制地忐忑起来。入关处的工作人员，一丝不苟地核对着护照和签证信息，按常规问了几个简单的问题，我却因为紧张回答得磕磕绊绊。她看我神情严肃又紧张，便开玩笑说："外面是你从中国带来的雨水吗？"我空白的大脑丧失了处理信息功能，顶着一张严肃脸呆立在那里拼命想着答案。她被我逗乐了。递还我资料时，她微笑着说："Welcome to England."

踏出机场的瞬间，雨滴轻轻打在脸上，雨后青草般的气息瞬间包围了我，眼前的陌生国度竟有些不真实。我深吸一口气，英国，我来了。

适应新生活并不是一个漫长的过程，熟悉了周围的环境之后，我开始在这座城市中探索起来。

事实证明，好奇时不时就会带来一些惊喜，比如发现格林酒馆。这是一个位于西街的安静酒馆，里面布置得格外雅致，清新的格调中还透出一股怀旧的味道。结束一天紧张的课业，来这里放松再合适不过了。有段时间，我总会和落落结伴过去小坐，然后点一杯名为"Shandy"的啤酒，默默地听台上的乐队唱歌。这种啤酒里面兑了柠檬汽水，味道清甜，果香十足，并且度数低，不容易把人喝醉，是我们尤其钟爱的一款饮料。

又到了周三的时候，百无聊赖的我和落落再度光顾格林。刚推门进去，就听到两个姑娘在唱爱尔兰电影 Once 中的插曲 If You Want Me。这原本就是我喜欢的歌，用她们空灵而干净的声音演绎出来，缓慢而忧伤的旋律瞬间穿透鼓膜，直达心灵。一种难以言说的震撼让我一下爱上她们的音乐。原本在陌生人面前怯于开口的我，受到她们魅力的感召，竟然端起酒杯走过去主动攀谈起来。也许是我小女孩儿表白一样的真诚打动了她们，她们热情地与我一起喝酒、聊天。

交谈中我才知道，她们是一对来自爱尔兰的好姐妹，为了唱歌的理想和对旅行的热爱离开了家乡，出来闯荡世界。一路上，她们一边通过唱歌赚取生活和旅行的费用，一边在旅途中欣赏城市的景色和风貌。这样洒脱和率性的活法，让她们在自由中纵情享受着快意人生。而站在一旁的我，一面对她们的经历咋舌，一面又羡慕她们的勇气。

也许每个人的生活都是一抹与众不同的色彩，或艳丽，或浅淡，或厚重，或清雅。然后大家在追逐梦想的过程中越活越精彩。

除了这种特色酒馆，我还对咖啡馆情有独钟。街角的咖啡馆永远是盛装浪漫情绪的最佳容器。那些推开门就扑面而来的苦涩香气，总是让人觉得沉醉而又回味无穷。

谢菲尔德就有不少这样的地方。

当我开始重新回忆起英国的往事，再次翻看以前的照片，便思如泉涌。那些过往的喜怒哀乐显得分外真实，它们沾染上了太多念念不忘的情绪。我有太多话想跟读者说，可是我端坐在书桌前却不知道从哪里下笔。我从来没有像现在这样，痛恨自己才疏学浅，我无法用短短几页文字道出日不落到底给我留下了什么。我走心地过每一天，因为我知道，不管是愉快的还是艰辛，它们都将成为我日后无比怀念的一段时光。

我要感谢这本书,在这个写作的过程中,我重温了走过的街巷、山弯和海洋,重新拼凑起零碎的记忆,重新联系上很多朋友。因旅行而起的缘分,在这本书里得以延续,亦是难得。

/ONE WAY ONLY · 单行道/

厌倦了伦敦，就厌倦了生活

塞缪尔·约翰逊说："当一个人厌倦了伦敦，他就厌倦了生活。"

起初，我尚不理解。直到走近了，我才渐渐明白。

伦敦是流连忘返之城。漫步在泰晤士河畔，心随大本钟威严悠长的钟声一遍遍敲打，仰望伦敦眼高耸云端的风姿；走进威斯敏特大教堂，听一场弥撒，求一纸福音，无关信仰，只祈求心静；心血来潮时，奔到百老汇听一场经典音乐剧。

文化和经典赋予这个城市的内涵，随时代而愈久弥香，镌刻在每个伦敦旅者的灵魂里，怎么会那么轻易就厌倦得了的。

也许是迷恋红色双层巴士的浪漫，也许是沉醉于伦敦腔的优雅，伦敦用一种近乎浓烈的热情把我挽留，邀请我品红茶、尝松饼。我肆无忌惮地在这座城市里穿梭，用相机定格每一个瞬间，永恒。

初到英国，在一磅店淘生活用品，偶遇英国大叔，向他求教物品的名称。末了，告别时，大叔让我伸出手来，我先是一愣。只见大叔微笑着把一包花种放在我的掌心，我的嘴角不自觉地上扬。大叔接着说，年轻人，好好呵护这些种子，等待你的就是金灿灿的郁金香哦。

那一刻，花未开，芬芳满溢，人已醉。

一次，伦敦街头，买甜甜圈。一个路人，突然停下来对我说："I like your cloth, it's my favorite color."（我喜欢你的衣服，那是我最喜欢的颜色）说完，她便匆匆离开了。留我一人在寒风中，若有所思。听陌生人意外的赞美，心情不由得变得可爱起来。

还有一次去超市，回来时，拎着大包小包。经过路边停的一辆流动冰淇淋车，冰淇淋大叔叫住了我，说要送我一个冰淇淋。我欣然地接受了，然后和他聊起天。说说笑笑间，吃完了一个冰淇淋。我还记得，那冰淇淋的味道，是甜甜的草莓味。

初遇伦敦的冬天，是圣诞节更是温情。白雪给整条牛津街穿上了圣诞的新衣，圣诞老人们踏雪而来。身着圣诞红的老人，奔向我，小鹿样儿撞入我怀中的是一束娇艳的玫瑰。他一边喊着"Merry Christmas！"，一边又迅速地跑开了。他雪白胡子后面的笑容，融化着冬日的冰雪，透过重重夜幕，温暖我的寂寥，照进我的心田。

同样是一个清寒的冬日傍晚，太阳早早消失了踪迹。手风琴的音符在几条街旋转跳跃。我不由地慢下来脚步，驻足聆听。却瞥见另一道风景：下班路过的行人，男女老少，在手风琴老人身边一字排开，随音符跳起了简单的舞步，好不热闹好不惊喜。有人跳了一会离开了,但总有人加入,那欢乐的场景不停不息。

那天我呆呆地看了很久,回到公寓已是深夜。

我铭记着他们的善意。他们,最终成了最熟悉的陌生人,但那又有什么关系。我们曾经微笑过温暖过。走进我们生命中的人,有一天都会离开。我们曾彼此陪伴着走过一段时光,等生命列车停靠,他／她要下车时,那就大方地挥手道别。你要知道,这一生总会有人离开,但也总会有人出现!

还有一些,人或事物,是不曾离开过的。

对于英国人,伦敦的地铁就是这样的存在。

伦敦拥有世界上最古老的地下铁道。选修城市设计历史与理论课时,我研究的课题就是伦敦地铁。

伦敦最著名的地铁站是国王十字车站。电影《哈利波特》中通往霍格沃兹魔法学校的火车便是从国王十字站出发。在这里,甚至还能找到鼎鼎大名的九又四分之三站台。因电影在此取景拍摄。国王十字站是广大电影迷和旅游爱好者来伦敦必去的景点。作为《哈利波特》粉,游伦敦地铁的第一站自然就是这里。

站在霍格沃茨特快列车的始发站,抬头看见黑色的大穹顶,清晰可见的黑棕色的支架上挂着一面镌刻着罗马数字的圆钟。不远处,人群拥挤拍照,青少年欢呼跳跃,我心想那一定就是九又四分之三站台了吧。我登上了去往霍格沃茨的列车,注视着他们渐渐地消失在我的视野里。

另一著名的车站就是贝克街车站。这里拥有伦敦最古老的地铁线。世界上第一条地铁——伦敦地铁,自1863年1月10日运行以来,距今已经有153年的历史了。英国是一个厚重的国度,英国之行怎能不去拜读他的历史。在贝克街车站,有一个招贴画大小的铜制铭牌,上面写着:"此站台系1863年世界第一条地铁的一部分,特此证明。"一般来说,地铁站台两侧都是广告,不过贝克街站有所不同,两侧是宣传海报。它们生动地描绘了1863年这个站台刚刚启用时的情景。贝克街车站,堪称伦敦地铁历史的博物馆。

坐着地铁,幻灯片般的伦敦地铁历史,一页页出现在我眼前。一条条地铁、一节节车厢、一趟趟人群,走过这里。岁月易逝了容颜,却延续着历史。

我开始理解为什么英国人那么热爱他的建筑、他的历史,就是那些旧旧的东西,让他们自豪地称自己是英国人。

除了这些著名的车站,还有那些流传在车站内的动人故事。车站如果只是车站,他就只能是来去匆匆的存在;而车站如果有了情绪——像是离愁别绪,他就不再只是车站了,而会成为情感的寄托。是人的回忆和情感,让车站有了感情。

来到伦敦堤岸站,我听到了"Mind the gap"的故事。

"Mind the gap"是伦敦地铁广播里的一句提示音,播放了数十年。这句话的意思,不只是"注意列车与站台之间的空隙",不只是一声叮咛,而是一个人永恒的慰藉。

在伦敦地铁,你可能会偶遇过这样一位女士。她静静地坐在堤岸站的站台上,只为等待着地铁到达时的一句"Mind the gap"。

她有一个很美的名字——玛格丽特,而录下这句地铁提示音的主人就是她的丈夫——奥斯华·劳伦斯。他们相遇在摩洛哥,

我自流浪，心自远方
—
010

KEEP CLAM AND CARRY ON
———
011

/ 伦敦的温情 /

在伦敦北部携手生活了40多年。2007年劳伦斯因为心脑血管疾病过世。在那之后，堤岸站就成了玛格丽特寄托哀思的唯一去处。

然而有一天，玛格丽特发现丈夫的声音被新的电子提示音取代。她说道："11月1日，他不在了。我感到极度震惊，奥斯华已经不在了。我跑去服务处询问，他们告诉我那里已经换了新的电子系统，找不到他的声音了。"听了玛格丽特的讲述，伦敦地铁主管奈杰尔·霍尔尼斯被他们的爱情深深打动了。他和员工们一起翻出了旧版劳伦斯的录音，再次启用，并为她刻制了一张有丈夫声音的光盘。

玛格丽特说："他离开之后，我喜欢待在站台上，静静等待那个声音再次响起。这对我来说是一种巨大的安慰。它是特别的。"

伦敦百年地铁就像一场永不落幕的电影，历史重演着、爱情邂逅着，时光交错向前。

有人说，恋上一座城，是因为住在城里的人。伦敦城内的温存和爱，是我不论走到哪儿、无论走多远都不会忘记的感动。又有谁能拒绝得了这种温暖，又有谁能厌倦这种诗意的生活呢。

爱情曾经来过

《诺丁山》,是我心目中爱情电影的经典。因为电影中那场旅行书店的奇遇,我爱上茱莉亚·罗伯茨的笑容,我爱上休·格兰特的双眸,我也爱上那个名叫爱情的存在。

来到了伦敦,我怎么能不去旅行书店看一看。那可是一家能够装下全世界浪漫的书店。

乘坐地铁伦敦环线到诺丁山大门站。步行大约十几分钟,就来到了波特贝罗市集。这就是电影开始的那个长镜头。

对一座城市来说,美术馆反映的是它的精神修养,而市集则是它的风貌人情。电影中,威廉总是手拿咖啡低头穿过这个市集,最后拐进街角那家属于自己的书店。飘雪的一月,清冷的二月,回暖的三月,春夏秋冬每一个平凡或不平凡的一天,他的身影都从这里经过。

我来到这里,走过鲜花摊、水果摊、古董摊、廉价服装摊、中国瓷器摊……看到一排排房子在阳光下散发出不同的色彩，这与老派又高傲的伦敦格格不入。各种异国文化，在这里交织、融合。各种颜色的皮肤、各种颜色的头发，聚集在集市、街头和商铺。世界大同的梦想，落实在伦敦生活的每个角落。

循着电影的镜头，我找到了那家略显落寞的书店——蓝色木头的门楣、"The Travel Book Co"的白字招牌带着岁月的斑驳痕迹。

推门的瞬间，门口的铃铛发出悦耳的铃声，扑面而来的书香。一本本书静静地站立在书架上，恍惚间，仿佛看到威廉正站在我面前整理书架。

现实中的店员是一位50多岁的阿姨。得知我和朋友因电影而来，她就饶有兴致地给我们介绍书店的简史。原来，书店最初建在街道对面。目前的店面是以电影里的书店为原型建造的。

我带着耳机听着"She maybe the face I can't forget. She maybe the reason I survive."的旋律，在书籍和海报里穿梭，电影的画面不断浮现在眼前，我仿佛也成了电影中的路人，看到茱莉亚·罗伯茨好像刚刚来过。

爱情，让我们念念不忘。爱情，曾经来过。他也许是我一生无法忘怀的容颜，牵动过我的欢愉与悔恨，但终究只是我人生的过客。

初至英国，和初恋分手了。望着窗外呼啸而过的风景，往事一幕幕浮现。真是应了那句歌词"一直向前走，走不完距离，一直向后退，退不出回忆"。想到异地的我们，甚至都不能当面说再见，我不禁泪湿眼眶。我逃不出回忆，继而被悲伤掩埋。

KEEP CLAM AND CARRY ON

　　我哭得厉害，啜不成声。这时，老奶奶递给我一包纸巾。我抽出一张来擦眼泪，泪眼朦胧间看，到纸巾上印着几个英文单词。擦了擦眼泪，"Keep clam and carry on."的字眼便清晰起来。

　　抬头看着老奶奶，她的眼神里充满了怜惜和抱歉。抑制住泪水，我哽咽地跟奶奶说了声谢谢。旁边的老爷爷掏出他的iPad，问我愿不愿意和他一起玩游戏。收拾好眼角的悲伤，我对着爷爷点点头。善良的爷爷奶奶，一路都假装拌嘴，逗我开心。

　　临下车，奶奶回过头，对我说："Remember: keep clam and carry on."

/She maybe the face I can't forget. She maybe the reason I survive. /

因爷爷奶奶的善意，我记住了这句话。它也成为了我继续前进的勇气。忘记过去的伤痛，保持冷静，继续走下去。

后来，我穿越在英国的大街小巷，发现这句"Keep clam and carry on."无处不在。原来这是1939年第二次世界大战开始时，英国政府制作的海报上的标语。这幅海报原计划是应对纳粹占领英国的困境，用以鼓舞民众的士气。但由于发行量有限，这幅海报最初并不为人所知。直到2000年，一个书店的老板偶然发现了当年的海报，这句话才正式进入人们的视线，并在全英国引起了非常大的反响。

很多人都认为，这句话符合英国人气定神闲的特质。英国人则说，这是一种让人泪流满面的力量。这低调、勇敢而略显刻板，能在轰炸中照常煮茶的英国人形象，几乎成了整个民族的文化特质。

我永远记得爷爷奶奶给我的感动。越是陌生，却越是难得；越是不经意，却越是温暖。

我逃不出回忆，忘不了过去，所以我只好向前走，决不回头。

街角的咖啡馆

你会不会忽然地出现，在街角的咖啡店。

2013年的夏天，我在等待欧洲签证。我邂逅了咖啡店，而你会不会忽然地出现？

我偏爱西街的那家星巴克，大大的落地窗紧挨着一排长桌。我喜欢点一杯焦糖玛奇朵坐在靠窗的位置，抬头，看着人来人往，低头，专心画画。

随着课程日益繁重，我和这家店分别了有小半年。每次路过也只是匆匆一眼。半年后再去时，一个很帅的英国店员竟然还记得我。他指了指我常坐的那个位置问我："你是不是以前总坐在那里画画的中国女生？"他原来一直在找我，但那里没有人认识我，也没有人看见过我，他以为我回国了。

不知道是不是因为他的记得和在意，我又开始去那家星巴克。一周至少一次，找他在的时间。我还坐在原来的位置，还是画画。

他不太忙的时候，会给我一块小蛋糕或者三明治，然后坐下和我聊天。记忆中，他总能调出我喜欢的咖啡的味道，也总是给我的摩卡上打很多的奶油。

相聚总是短暂的，人终有一别。我快回国了，突然发现这家店挂出"We are closed forever"的标示。我要走了，店也要关了，他也不在了。我隐约有点悲伤。问他要了一个外带纸杯，涂鸦出谢菲尔德标志性建筑和教堂，并写下一些祝福的话语，送给了他。他很欣喜，那瞬间，我看到他眼中反射出几点晶莹的光。他紧紧握着纸杯，我们对视了一会儿。我们都知道，这一别可能就是永远。

情谊和思念，不会因为离开，不会因为距离而损失几分。相反触到心灵的感情，会因为距离而愈发浓烈。我会思念英国，会思念街角的那个咖啡店，会思念他调出的焦糖玛奇朵的味道，会

思念我们共有的回忆。

另一家我喜欢的本土咖啡店,可能就无关风月了。暑假的某天,我照例去那里喝咖啡。刚坐定,就看到了令我瞠目结舌的一幕。一位西装革履的绅士,对面坐着一地喝着咖啡看着报纸。而对面的乞丐衣衫褴褛,头发凌乱,他也淡定地喝着面前的咖啡,并用叉子吃着面前的芝士蛋糕,倒也不卑不亢。两个人没有一句交谈,都专注于自己的事情。乞丐用完餐,站起身,轻轻地鞠了一躬,说了声:"Thank you for your coffee." 那个绅士抬起头,轻轻地点了下头,说 "Have a nice day." 随后继续看他的报纸。

原来,英国的绅士气质不只是存在于绅士身上,高到国王,低到乞丐,都共享着这份民族的性格。至少,在绅士问题上,英国人是全民一致的。我喜欢这个绅士的民族。

顽固的人不喊累

第一次都是刻骨铭心的,因为未知,因为坚强,因为是自己的第一次。

第一次独自在他乡生活、第一次独自在异国过年、第一次独自旅行、第一次打工、第一次失恋……第一次好像是全身心,视觉、听觉、嗅觉、触觉、味觉,同时感知、同时反应、同时麻木、又同时复活的过程。而后来的"很多次",都因为"第一次"积累的经验和伤痛,而变得逊色而平凡。

看似光鲜的留学生活,并没有那么容易。看似顽固的我,并没有那么无坚不摧。

第一次在这里生活的我,确实是个胆小鬼。因为语言不通和文化差异,我怕丢人、怕闹笑话。刚来时,不敢和人交流。上课的时候坐在角落一言不发,party时也假装自己是路人甲。

第一次遇到不公平的待遇,我竟没有勇气去反驳。和朋友在餐厅吃饭，那时候我还留着齐腰的长发。而这次待遇的导火索就是这头秀发。为了防止头发落进食物，我会习惯性地把头发往后面甩。没想到这小小的举动，竟引起了后桌的英国大妈很大声地怒斥。她让我停止那个动作，呵斥我影响到她吃饭了。我吓得不行，小心翼翼地回过头去，发现她的桌子离我两米开外。结果她却足足对我吼了半分钟。餐厅里的人都在看我，我怯怯地说了声"sorry"。然后呆呆地转过头来，继续吃我的饭。把尴尬和屈辱连同饭菜，一同嚼进了肚子里。不等菜上齐，我就拉着朋友买单，匆匆逃跑。

第一次遇到酗酒的人，又是一次惨败。我在车站等车，一个看上去乞丐样子的男人走到我面前，直勾勾地盯着我。我闻到一股浓浓的酒精味道，本能地倒退了几步。他突然开始没有任何缘由的，对我破口大骂。周围人来去匆匆，没有人停下来，也没有人为我说句话。我又落荒而逃。

第一次遇到顽皮的小孩，坚强再也撑不住疼痛了。下大雪，我和闺蜜阿惠，正往工作室走。路过几个七八岁的孩子，他们正在打雪仗。他们看到我们，突然异常的兴奋，用雪球疯狂地进攻我们。这还不够，他们还跑到我们面前，把压厚实的雪球用力地甩在我们脸上，然后尖叫着跑开。这一切都来得太突然，我竟忘记了自卫。我帮阿惠拍掉脸上和身上的残雪，看到她的脸被砸得红肿起来。我看到，那么坚强的姑娘竟然流下眼泪。我想她一定很委屈，因为我也一样。

第一次不在家里过年，很寂寥很难过。凌晨1点，从图书馆一个人走回宿舍，心中所有的委屈都在那一刻爆发，我泣不成声。

回到宿舍，给父母打电话，我擦干眼泪笑着告诉他们："我在这里过得很好，非常好，我交到了新的朋友，大家都很照顾我，我又要去旅行了……"

第一次去打工，沉默是最好的坚强。从早上11点，站到晚上11点。在火锅店端火锅，偶尔烫到手，也坚决把锅放到电磁炉上才敢松手。有时候苛刻的中国老板，会因一点小事就骂我们。遇到不好说话的客人，给我们脸色也是家常便饭。非常努力地干上一晚，有时会被之前的打工者骂，那一刻我有种冲动，想把抹布甩在她脸上，然后回家。可我却一言不发，继续干活。

即便这样，我也从来没有想过放弃。有段时间我的签证一直出现问题，签证处命令我回国重签，考试也一直不顺利。

英国冬天的日照时间是那么短，每天不到四点就开始天黑，不是刮风下雨就是飘雪。有一天，我正奔赴处理签证的路上，突然收到了父亲的一条微信。他说："小马同志，知道你最近心情不好，可是你坚决不能做逃兵！一定坚持下去！"听到这句话，我瞬间泪流满面。原来不管我是如何报喜不报忧，父母都能听出我的情绪。他们是会在意我、关心我一生的人。父母在，不远行。而我竟走了这么远。

我跌跌撞撞地往前奔跑，冷暖自知。却也懂得了第一次的珍贵，懂得了那是困难对我的考验，通不过，我就输了。我是顽固的人，不喊累不喊苦。困难逐渐内化进我的心里，它就像天使一样，在我前进的路上给我依赖、给我力量。

我开始交外国朋友，发现他们都很欣赏我会画画，擅长读写。他们觉得我很有才华，我倒也不再羞于展露这些。这迅速成为拉近我们关系的催化剂。上课时,我也不再装聋作哑,老师抛出一个英式的黑色幽默,我也可以顺利接上;走在马路上遇到英国帅哥的搭讪,也可以自然地跟他们周旋几句。

即使是回国后,再遇到什么,只要无关生死,我都不再胆怯。留学和旅行并不会改变本质的东西,不会改变我的初心。现在的我和所有人一样上班、下班、吃饭、睡觉。我也不免落入俗套地想要挣钱。只是,我看待世界的角度,和对待问题的心态,已经明显不同了。

我们来到了这个世界,但不是所有人都真正活过。活的精神是另外一件事。我定义的"活"是有血有肉的:能深切感受到,自己的每个细胞无时无刻不在跳跃;感受到自己对得起回忆、对得起现在、也配得上未来。

是的,顽固的人不喊累。

高山上的蓟花

邂逅爱丁堡

苏格兰有无数奇特的篇章,尼斯湖神秘的水怪,穿格子裙吹着风笛的帅哥,连绵的山川和无数的湖泊,还有知名的烈酒,捉摸不透的天气,缤纷的爱丁堡艺术节……

苏格兰有很多名声大噪的电影,比如《勇敢的心》、《一天》、《甜蜜十六岁》、《猜火车》和《第三十九级阶梯》。而整个苏格兰的精神就像是《勇敢的心》开篇时,少年玛丽安摘下的那朵送给华莱士的蓟花,渺小、带刺、坚强。弱小的紫色蓟花,在狂风骤雨下屹立不倒,象征着苏格兰不屈不饶、生生不息的性情。

苏格兰的浪漫,在《一天》中表现得淋漓尽致。电影里,安妮·海瑟威和吉姆·史特格斯在爱丁堡的一次美丽邂逅,开启了之后

/ 苏格兰·蓟花 /

曲折动人的爱情故事。苏格兰风光在片中虽只是匆匆一瞥,却有着关键性的作用,两人对彼此的好感全都因这次怦然心动的相遇。

不知道多少人被这段台词戳中:"这么多年,这么多人经过我的生活,可是为什么偏偏是你,看起来好像最应该是过客的你,在我心中占据了这么重的地位。现在,就是此时此刻,我需要你,我需要感觉到你,我需要被你爱被你关怀。我想要的,不只是一夜,或是一天。"

苏格兰的浪漫,从《一天》开始,而苏格兰的旅行,则要从爱丁堡的开始。

我和朋友驾车一路向北,开到深夜。我们把车停在路边,躺在公路上,仰望着满天繁星。之前,听人说,只有在最黑的夜里,才能看到最亮的星空。此刻,这里的星星,是那么地耀眼,那么地真实,好像住进了我的心里。

12月,正是苏格兰最寒冷的季节,据说冬日会有极夜出现。一天中的大半时光,都在晒月亮,那长期生活在那里的人会不会绝望啊?想想却也不会,深夜也有深夜的美丽。想起英国的那位唯美主义作家王尔德说:"有自由、书、花儿和月亮,没有人会不快乐。"苏格兰人民的冬天有比我们更久的月亮,他们应该比我们更快乐吧。

电影中的苏格兰是真性情的硬汉,那现实中的爱丁堡是什么样呢?

爱丁堡就像一场中世纪戏剧的宏伟布景。尖塔、城堡、峭壁和石柱历历在目。因为历史上常与英格兰发生冲突,养成了爱丁堡人崇尚独立与自由的民族性格。

"反战"和"复兴"是苏格兰两大主题。暂且不谈"同岛异梦"的话题,同岛的苏格兰和英格兰的差距,确实甚远。相比于英格兰的情调和精致,苏格兰更加硬朗且更富有生命力。他们特立独行得近乎有些固执。他们拥有自己的文化、食物和口音,甚至连货币都不妥协。来这里之前,我们特意换了不印女王头像的苏格兰钱币。

我们来到苏格兰的皇家英里大道。在这里,我们向一位退伍老兵问路。他威严的军人气质尚能感受到。他执意要领我们一起走。我们顺道参观了他所居住公寓。现在居住在这里的都是退役的士兵。由政府来支付他们的生活费用。他给我们讲述他当年历经沙场的事迹。他的眼睛里透出无畏的光芒,讲到激战处,他站起身来比划着、挥舞着。那就是他最重要的一段人生,辉煌而勇敢。

为国家安危而置自己的生死于不顾,更幸运的是,如今他享受并感谢着现世的和平。

我们踩着高高低低的青石板,沿着皇家英里大道走到最西边的制高点,就到了爱丁堡的精华部分——爱丁堡城堡。我们尽情地观赏着日落下的城池,曲折的海岸线、苍茫的大山、高低错落的建筑。这些建筑像积木一样,堆放在每条街道。余晖,给整座城池染上了鹅黄色,又顺便给海岸线涂上了群青色,给大山抹上了普蓝色。整个画面苍凉却又温暖,我像是来到了英伦电影中场景。

我不禁高呼:Edinburgh, you are so beautiful!

写到这里已是凌晨 2:07,不经意翻到旧时在爱丁堡与那位老兵交谈的照片。

回忆与现实交缠,恍若隔世。这些微不足道的小事,一点一滴形成一条链子,将我牢牢与过去连在一起。想起旅行中,那么多陌生人的善意,那么多感动人心的故事,一股股暖流涌上心头。

世外桃源

第一次,来到这里,便不想离开。

火车驶入湖区,植被的绿意,铺窗而来。火车偶尔经过,深深浅浅的湖泊。云朵把影子投在湖面,离我近得很。那一刻,真想让火车停一会儿,好让我下去,尽情地和云朵玩耍。但火车却听不见我内心的呼喊,固执地一路向前,驶向终点。

湖区内最大的湖泊是温德米尔湖。从南至北,全长约17公里。我们住在湖东边的温德米尔镇。这里的生活节奏很慢,人走路很慢,说话很慢,吃东西也很慢。慢到我想要一辈子厮守在这样的光阴里,远离城市的喧嚣。

我们入住的家庭酒店,典雅又复古。客厅陈列着维多利亚时期的瓷器,大气高贵的湖蓝色欧式沙发。清晨我被鸟儿唤醒,无赖床的心思。打开窗,呼吸新鲜空气。与此同时,男主人已经准备好一顿丰富的英式早餐:土司、培根、煎蛋、红茶还有自助水果和酸奶。这时,连舌尖都打消了赖床的念头,满血复活。

小镇上的时光,是悠闲的,诗意的。

镇上的所有人,仿佛都是艺术家。家家门前的小花园都被修剪过,配上窗台上的芬芳,真是繁花似锦,色彩斑斓。路过一所房子,岁月在外墙上斑驳剥落。昔日的青石墙面,被开满的粉红色蔷薇藤蔓,爬得满满当当。无意瞥见屋内,一个载满书的转角书柜,一位穿碎花裙老奶奶,正安详地坐在皮质沙发上看书。我和朋友悄悄地离开了,生怕打扰了这份恬静。

我不禁想到现在。工作的忙碌,夺走了我大把阅读的时间。虽然我仍抽空阅读,但我知道,这还远远不够。熙熙攘攘的生活中,要能守住内心的那份平静,是不容易的。望勿忘初心。

见过了温德米尔镇的静美,接下来我们领略到了湖区的惊喜。植被和湖连成一片绿色。大片的云朵倒影在湖面,湖天融为一体。

只听扑通一声,一个小女孩跳进水里,再一声,又有个小女孩跳了进去。她们在水里嬉戏打闹,平静的水面变得热闹,小鸭子们胆怯地划向远去。不一会儿,传来一声叮嘱"注意安全"。我四处找寻,看见不远处一位貌美的女士,正躺在铺好的格子床单上看书,竹篮里放着法棍和水果。

芳草鲜美,落英缤纷,黄发垂髫,并怡然自乐。湖区,真是如世外桃源般存在。

/ 湖区·嬉戏的女孩儿 /

玫瑰上的英格兰

奔走约克

想去约克,只需一个好天气和一个悠闲的下午。车程只需40分钟。

约克老得优雅、老得好动人,值得用脚去踏、用心去看。每个角落、每个细节,精致、典雅。须细看,着急不得。中古时代的房屋,保存完好无损的中世纪街道,石砌小路,弯弯曲曲。

约克大教堂,是英格兰最大的中世纪主教堂和欧洲最大的哥特式教堂之一。走进教堂,高耸透天的穹顶气势磅礴,阳光从那120扇精美的彩绘玻璃窗透出,五颜六色的光斑倾洒一地,就像是上帝打翻了他的调色盘。我一口气登上那275阶阶梯,到达教堂顶部,将一整座约克古城的风光尽收眼底。约克见证了那么多风风雨雨,但它中世纪古城的威严,依旧。

坐在约克大教堂,听唱诗班的孩子们唱赞歌。纯净的面庞,天籁般的嗓音,一点点净化着我的心灵。在那里求来的一纸福音,

KEEP CLAM AND CARRY ON

031

/ 英格兰·约克大教堂 /

我一直随身携带着。每每看到这一纸福音,我心里的焦躁仿佛得到安抚。旅行一遍遍深化我心灵的质感,它在每一个不安宁的时刻出现,给我心灵的救赎。

我钟爱约克的贝蒂茶屋。这是一家下午茶传统老店。第一次来,我们排队排了足足1小时。同行的朋友说,天气好的周末,排上2个小时,可是常事。等待是必须的,希望付出的时间是值得的。

排队之际,打发时间的最好方式是,听店员们自豪地讲这家店的历史。一楼出售茶包礼盒,手工姜饼和巧克力。二楼的茶厅,尽显传统英伦风。熨烫平整的碎花桌布和桌脚白绿相间的小插花相得益彰。进入这里,会自觉地放轻脚步、放低音调。没一会儿,店员就端上来精美的银质茶具,骨瓷茶杯,甜品架子上来了。架子上放着根据季节搭配的甜品和三明治。我拿出手机开始给相机吃饭,也想发给爸妈看看。爸爸拨回电话,我兴致勃勃地告诉他,我在约克喝英式下午茶。

这时,一位美丽的女侍者,走到我面前,轻轻地拿下我的电话,在我耳边说道:"不好意思,我们店是传统老店,店规是不可以在店里使用手机,请你和坐在你对面的人聊天吧。"语气既温柔又坚决,我有些意外。对着她微微笑一笑,顺从地和父亲道别,放下电话。

我喜欢约克,或许是因为约克大教堂的赞歌,净化心灵;因为随处渗透着的礼仪,提升着我的修养;亦或是这漫延的轻柔的气息,让我沉醉了一个又一个下午。

KEEP CLAM AND CARRY ON

033

/ 指尖下的大教堂 /

红色摇滚

我想,利物浦是大于或等于红色的。

利物浦有一种特有的精神,一种独特的口音,还有一股倔强且狂热的生活态度:那是红色的、激进的、革命的。他们用这种态度热爱着足球、音乐、摇滚、港口和火车。目所能及处都是一片红色的砖墙。

每个城市都有自己的故事,那些走街串巷的红色语言,似乎是这座城市的血液和脉搏,在沸腾、在跳动。

若干船只,停靠在阿尔伯特码头。白色的船只与蓝天白云相呼应,典型的红砖式的利物浦建筑倒影在清波荡漾的河面。19世纪,阿尔伯特码头作为首个由砖、石头和铸铁盖起来的建筑,可谓是英国革命性的突破。现如今的阿尔伯特码头,成为利物浦的一个重要开放式景点。当年的仓库被开辟为繁华的商圈,咖啡厅,餐厅。人来人往,好不热闹。如今是一样的繁荣,却是不一样的姿态。

傍晚,坐在底层的咖啡馆。看华灯初上,整个码头被暖色调的灯光包围。周围的建筑印衬着古老的红色。气氛变得有点暧昧。眼前的景色模糊成一幅印象派油画。

我对这个城市不理智地喜爱,主要还不是因为那艳丽到骨子里的红色精神,而是因为音乐,因为Beatles的音乐。

/ 一样的繁荣 /

/ 不一样的姿态 /

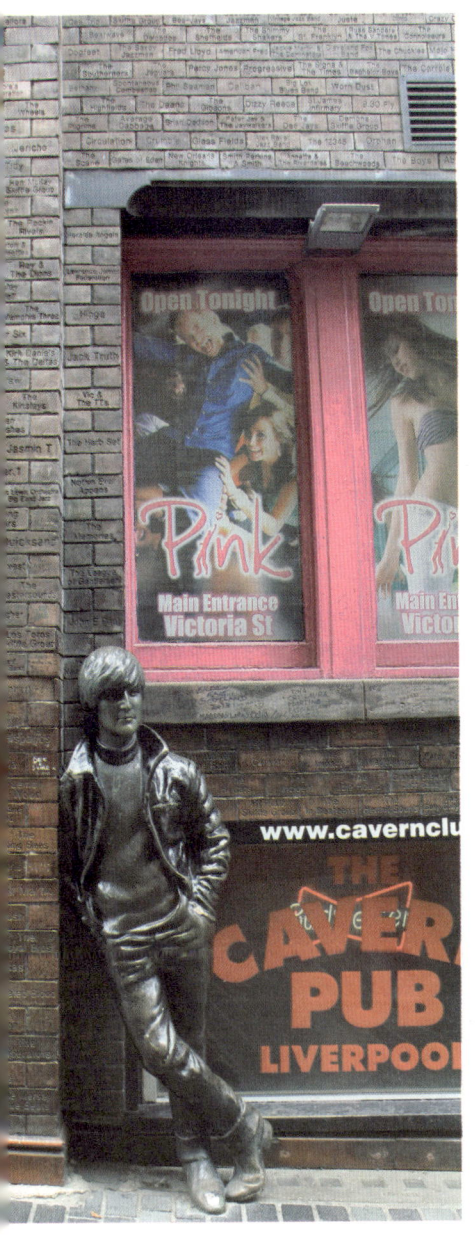

聊起Beatles的成就与辉煌，自由和反传统是永恒的主题。Beatles的出现，带给那时的青年人全新的音乐，到处都充满着活力。他们那种"把明天遥远地抛在脑后，愿你多欢乐"的无忧无虑的情调，一扫当时充斥在英国舞台上的陈腐、伤感、古板和陈旧的气氛。使英国年轻的一代，狂热不已。他们的音乐急速变化，迅速成长，在短短几年中征服了整个世界，人们称赞他们为"乐神"、为他们疯狂！

如果说美国的年轻人用摇滚乐去摆脱那种彷惶、迷惘以及空虚感，那么英国的年轻人则是用摇滚乐，去冲破维多利亚时代所遗留至今的种种陈旧道德规范和传统的价值观念。他们最大的共同点是：在物质高度充足的享受中，不甘泯灭自己的进取精神。在激烈的摇滚风暴中，以反叛的形象，来表达他们对传统理性的否定，和对一个更加充满自由和人性的未来的追求。

Beatles 那一大批主题深刻、内容广泛的音乐，能在精神上体现出摇滚乐的真正实质。这也是我热衷于 Beatles 的音乐的本质原因。

我始终相信褪去了表面的浮华，在时光中积淀下来的，才是最贴合我们内心的声音。他们的音乐和音乐精神不会随岁月而老去，而是像一壶老酒，在岁月的熏陶下愈发浓烈香醇。

在马修街，目不暇接的主题酒吧和街道，张贴的都是披头士的海报。走到街尽头，会看到一面星光墙。墙面成古铜色，刻着众多乐队和歌手的名字。儿时的约翰·列侬经常依靠在墙角，偶尔找到一两个喜欢的乐队的名字，便会欣喜若狂。

如果你也喜欢 Beatles，除了走街串巷的搜寻有关他们的线索，也别忘记去 Beatles' Story 一探究竟。这是一个地下博物馆，博物馆讲述了几位才华横溢的乐队成员开始组队，到他们分道扬镳，到约翰·列侬最后的意外死亡的全过程。博物馆，力争将他们的每段故事，都还原到当年的原貌。这里有他们当年演出的酒吧，第一次访问美国时乘的飞机。最别具匠心的是那艘黄色潜水艇，对应着 Beatles 的那句歌词：

"We all live in the yellow submarine."

最后一个展厅，陈列着列侬的一副眼镜和一架钢琴，布局仿照其生前在纽约的寓所。这时，耳边讲解器里，传来 Imagine 的旋律……

"Imagine there's no heaven, it's easy if you try

No hell below us, above us only sky

Imagine all the people living for today

Imagine there's no countries, it isn't hard to do"

无数歌迷,盼望他们有朝一日可以重返舞台。可这一切,伴随列侬的离去而画上了句号。我不禁跟着音乐哼唱起来,敬我永远的约翰·列侬!

Beatles让我爱上了摇滚音乐,爱上利物浦,这个诞生世界摇滚巨匠的红色之都。如果有机会,我还会再来,再看一看那红色的砖瓦,看一看我最爱的Beatles。

陪你私奔到天涯海角

记得课堂上老师问:"说到天涯海角,你想到什么?"

全班同学异口同声地说:"私奔。"

天涯海角总是透露出某种浪漫气质。似乎,每个国家都热衷于在自己的领土上,圈出一个"天涯海角"。英国也不例外。不过,这里天涯海角可没那么浪漫。英国的天涯海角不是终点,而是启程的地方。高傲的英国人认为,只要从这里启程,就可以到达世界上的任何地方。

我和阿蒙从伦敦启程,乘火车一路向西南角行进,沿着北海,终点是天涯海角。我看见窗外灰蒙蒙的大海,海面如同一面镜子,没有波涛。厚实的云层低垂在半空，海天交接处，阴沉，略显荒凉。正值五月，丝丝寒意透过车窗而来。

颠簸了近5个小时，我们来到彭赞斯——天涯海角所处的小镇。我们选择了当地的家庭式旅馆。店员们穿着，白色翻花衬衣和黑色长裙，就像老旧电影中走出来的人物。如果在走廊里偶遇，他们还会停下脚步，轻轻点头，礼貌地问候。房间窗台上都摆放着鲜花。管家告诉我们，旅馆每年都能收到很多明信片，那是入住游客从世界各地寄来的。果然是一家惹人爱的店，而我偏爱我它处处精致的容颜。

满足口腹之欲，对我和阿蒙来说是头等大事。一大早，餐厅里香气弥漫。光是闻一闻就已经叫人食指大动。热茶、土司、培根、香肠、煎蛋、焗番茄、烤蘑菇、新鲜水果、咖啡、土豆泥……花样繁多的英式早点，一一呈现在眼前。旅馆餐厅大概有七八张桌子，环顾四周，都是三三两两用餐的旅人。隔壁桌上是一对头发花白的老夫妇，男士西装革履，领带打得一丝不苟。女士则身着粉色套裙，别着胸针戴着礼帽。他们安静地吃着早餐，没有发出一点声响。在吃饭的礼仪上，英国人真是优雅到了极致。再看到对面睡眼惺忪的阿蒙，正叉着整根香肠往嘴里送，我忍不住给了他一记"无影脚"。

这几天，在彭赞斯，阳光成了唯一的奢望。明明夏天就快来了，我们却还穿着厚厚的毛衣。不过，这样的天气也给了我们一份惊喜。阴云密布的小镇，静悄悄的。你想到了什么？不明生物？吸血鬼？这里的确很有《暮光之城》的气氛，阴霾中带着恐怖。

我自流浪,心自远方
—
040

/ 从这片海到那片海 /

/ 飞得更高 /

KEEP CLAM AND CARRY ON

―

041

第三天，我们奔向了米纳克剧院。这座世界上最壮观的露天剧院依悬崖而建，背山面海，外形酷似古罗马遗迹。它就坐落在距离天涯海角约4英里的地方。

听说这座剧场还有一个别名，叫做"看剧的后院"。它源于一场"仲夏夜之梦"，因为罗伊纳·凯德女士，这位"悬崖建造者"的敢想敢做，而有了今天剧院壮美的姿态。站在剧院边沿，俯瞰整个康沃尔和崎岖狭长的南部海岸。听着风声、海浪声，想象着碧海蓝天下的各种演出。不得不说，极致艺术在这里，是热血的、沸腾的。

遗憾的是，我们错过了演出时间。坐在石头台阶上，抚摸着上面雕刻的话剧名，我似乎看到了建造者如磐石般坚定的神情。

不得不说，最伟大的建筑，都是不平凡的。起初也是很难被理解、很难被接受的。熬过了岁月的沧桑之后，这些建筑依旧不平凡，但却开始被人仰望膜拜。人们也开始懂得欣赏它们不平凡的美。所以不要因为你和别人不一样，而否定自己。

每个人都不同，如果别人不能接受你的不同，你也没有必要向别人解释你的不同；如果你能接受别人的不同，你就没有必要在意自己的不同。和而不同就好，完全相同，世界就没意思了。

从这片海到那片海

我总是热衷于追寻一片片未涉足的岛屿与海洋,从"泰坦尼克"的南安普顿,到气氛活跃的布莱顿,再到"暮光之城"气质的彭赞斯。我从一片海到另一片海,寻找不同,寻找自己。

2013年的暑假,约上几个老友,地点约在布莱顿。

布莱顿,是野性的、疯狂的。阿蒙告诉我,一到周五的晚上,整个城市就开始沸腾。男男女女装扮出街、兔女郎、小护士、学生妹,街道上挤满了人。酒吧、客栈,家家爆满。再过几个小时,街上摇摇晃晃的都是回家的醉汉们。

疯狂的时刻,我们自然也不能错过。去超市买来伏特加和芝华士,兑着柠檬汽水。夜幕降临,一群朋友坐在海滩上畅聊未来。

有人说在英国学会了做饭,回国要开个餐馆;有人说回国后一定要进华威这种大公司;有人要考公务员;还有人要继续深造……在酒精的刺激下,大家开始追忆往事,有人追忆前男友,有人怀念青涩的大学时光,有人想念父母做的饭菜。渐渐地,有些女生哭了起来,男生发着呆沉默着。我们都醉了。而我亦是醉得一塌糊涂,哭着闹着要回家。

不过,现在的我很少醉成那样。身累了心也倦了,折腾不动了。

当初的气氛和年少轻狂都一去不复返了,有些执著也不再固执了。

还记得在锡尔伯理,除了我和朋友小梦,没有其他中国人。这里拥有细软的沙滩。我和小梦脱下鞋,拎起裙摆,疯一样地朝海水不断跑去。迎面一个大大的浪花打来,我们尖叫着逃跑,就这样不知疲倦的嬉闹着。

玩累了,静静地坐在沙滩上发呆。瞥见不远处,两个头发花白的老人,相拥着向海滩的另一边走去。不禁心生羡慕。

爱情不就是当你老了,满脸皱纹,我还愿揽你入怀。当我60岁的时候,一醒来,发现你还躺在我身边。

不小心打开手机定位,发现海的对面是挪威。

海的那一边,原来还是海。从一片海到另一片海,我遇见了朋友、遇见了自己,看过最美的风景也欣赏过最动人的爱情。那我的爱情呢?它什么时候来?

再见，大不列颠

"伤离别，离别虽然在眼前，说再见，再见不会太遥远。"

万般不舍，却终要离开。英国这长达两年的旅途，以一张单程飞机票画上了句号。

一直以来，对英国，我都是双重感情。我爱这里也不喜欢这里，我爱这里凉爽的夏天、无与伦比的蓝天白云、优雅的口音、礼貌的绅士、便捷的火车，甚至两磅一桶的哈根达斯。我不喜欢这里的繁文缛节和不近人情，不喜欢那些高傲又古板的老派英国人。

可是爱一个地方，要接受她的优点，也要包容她的缺点。英国就是这样的，既可爱又固执。可我好像就爱这样真实的她。就像我开篇所说的那样：念念不忘是每个经历过的人都会沾染上的情绪。还没离开，我就已经开始对她念念不忘了。

越到离开，越发现，很多事来不及也回不去。还没好好地给伦敦拍照，还没去谢菲尔德最棒的咖啡店，还没好好感谢下我的导师,还没……我就要离开了。

每次旅途,或多或少,都会留下些遗憾。遗憾也好,可能会让我念念不忘,想要再回到这里。那时候,我可能已经换了身份,不再是学生,可能是个旅人。

我做出一本本小册子,在封皮画出去过的每个国家的标志性建筑,再配上简短的心得体会。里面有我的细碎的回忆:机票、车票、门票、明信片和小的纪念品。

我望着画上的大本钟发呆,触摸着一张张车票。发现,他们都带着回忆的温度,暖着我的过去,陪着我走了这么久。

英国,我会想念你的!

大不列颠,有缘再见!

KEEP CLAM AND CARRY ON

047

我自流浪，心自远方
048

/ 海是倒过来的天 /

KEEP CLAM AND CARRY ON

049

每个女孩都有一个关于海岛的梦。

GREECE

希腊

\>\>Chapter 02

希腊：把异乡当归处

Keep clam and carry on

把他乡当故乡

这个地球，有 2000 多个国家，数以千计的岛屿，5000 多种语言。我能学会所有的语言，了解所有国家的文化，踏遍世界上的每一个角落么？不可能的。即使这样，我还是愿意追着我的梦，去看看世界。毕竟，世界这么大。

每个女孩都有一个关于海岛的梦，不管是圣托里尼、马尔代夫还是巴厘岛。这个海岛梦像塞壬女妖的歌声，无时无刻地召唤着我。终于，我耐不住心中的悸动，奔走希腊，奔向了圣托里尼。这次同行的伙伴是阿蒙和小白。阿蒙是我在西安的老友，我们可以说是青梅竹马，一起留学的经历更是拉近了我们的距离；小白是阿蒙在米堡的朋友，南方人。

三人游，实属缘分，少了浪漫，却也欢乐多多。

傍晚时分，我们走出圣托里尼的机场，海风夹杂着海水的咸味轻抚过肌肤，亲吻着脸颊。入住的民宿派车来接我们，司机大叔举着我们名牌，在出口处翘首以盼。

夕阳的余晖洒下，飞机划过湛蓝的天空，划出一条条长长的飞机云。到达总是欢愉的，我不禁高呼，希腊，我来了！

我们住在岩洞式酒店，远远看去，蓝白房子悬挂在半山腰间。这分明是梦中的场景嘛。上帝一定也偏爱希腊，制造圣岛时，一定用了他调色盘里最透明的蓝和最纯净的白。这里，单纯得只剩下蓝和白——海和天的恩赐。我想，希腊一定是最接近天堂的地方了。

从酒店前台走出一位长发齐腰的妙龄少女，她穿了一条白色齐脚踝的连衣裙，就像是从森林中走出来的精灵一般，外表清纯、眼神清澈、气质脱俗。她甜美地笑着，帮我们核对预订信息。最后，

/ 希腊·岩洞式酒店 /

她非常抱歉地告诉我们,由于酒店本身的失误,我们预定的套间并没有预留。所以,她让我们免费升级到豪华大套间。我心想,天呐!还有这样的好事!

豪华套间内有独立的小阳台,对面就是汪洋的爱琴海。每个

/ 烛台 · 酒 /

阳台的桌子上都放着一盏蜡烛灯，远远看去就像一个个摇曳在风中的萤火虫。晚风轻拂得好醉人，我们仨就这样静静地望着海，不舍离开半步。

7月份圣托里尼的夜晚，退去了白天的燥热，气温适宜。清凉的海风一遍遍的亲吻肌肤，这才是真正意味上的面朝大海，春暖花开吧。我躺在躺椅上，一遍遍听着MP3里的歌曲，仰望浩瀚的天空，满天的繁星，星际中还挂着淡淡的银河。我目不转睛地仰望着星空，突然出现了一颗流星，我腾得一下子坐了起来，找寻流星的踪迹。想要像小时候那样，双手合十，许下心愿。但我竟找不到错过的那颗流星，也记不得小时候许过的愿望。

小时候的那些愿望，都实现了么。飞走的那颗流星，你现在又跑到了谁的梦里？

如果我会魔法，我愿时间停留在这一刻。不知什么时候，我睡着了。

醒来发现我做了一个很不真实的梦。梦见我在这片岛屿生了根、发了芽。把他乡当作了故乡。

让我们乘着阳光

次日,清晨的第一缕阳光,洒向我的面庞。我轻轻睁开双眼。

昨日因黑暗笼罩模糊的爱琴海,此刻却熠熠生辉,一览无余。落入我眼中的海,只有纯粹的蓝色。我赶紧换上提前准备好的白色连衣裙,画了精致的妆容,准备和这一抹蔚蓝来个深度的拥抱!

我们租了一辆白色现代,准备环岛自驾游。

圣托里尼两个最著名的小镇:一个是伊亚,另一个是费拉。两个小镇都建立在悬崖边,往返于这两个小镇,大概需要40分钟的车程。开着车,随处可见骑着机车、穿着比基尼的美女们。她们挥舞着手中的太阳帽,尖叫着前行,真是一道艳丽的风景。小白直勾勾地看着美女,非得要体验下这般风情。他租了一辆单人摩托跟在我们车后。他光着膀子带着墨镜,和那些外国友人一路尖叫骑行。这确实很拉风。可是这一路下来,他被硬生生地晒掉了一层皮。

KEEP CLAM AND CARRY ON

―――
057

/ 爱琴海·喵儿 /

到达的第一站,是卡玛里黑沙滩。这里的黑沙是火山喷发时岩浆石形成的产物。7月圣岛的阳光可真是毒辣。赤脚踩在黑沙上,立马被烫得跳起脚来。一路小跑,奔向海边,迫不及待地跳进海中。海水还是冰冰凉的,海浪饶有节奏地拍打在身上。

这时阿蒙在远处激动地喊我"快过来!这里好美!我游到他那边,带着潜水眼镜,一个猛子匝扎到海里。

我遇见了,另一个世界。

绮靡的珊瑚,随海底涌动的波涛摇曳,一小群鱼儿旁若无人的游来游去。我悄悄地靠近他们,没想到却被他们发现。鱼儿们四散而逃。我追着一只有蓝色条纹的小鱼不放,它惊恐地加速逃窜。时间飞逝在我与海与鱼嬉戏中。

小白,不会游泳。在海里扑腾了两下,一整个下午便躺在海滩上喝冷饮、看书,顺带看看穿比基尼的妙龄少女们。

海滩的一天,自然少不了吃海鲜。沿着岸边一排餐厅走去,看哪家人多就去哪家!新鲜鱼搭配全麦面包、羊肉、奶酪等上等食材,淋上橄榄油再上一个超大份的水果沙拉配啤酒。把烦恼全都抛开,尽情地享受美食吧!

果然是夏天,有阳光、海浪、沙滩,还有随风奔跑的好心情。

逃离喧嚣，看日出日落

圣托里尼的灵魂，在于她的日出和日落。

清晨的第一缕阳光，洒向大地。推开房门，周围空无一人。好像整片爱琴海都是我一个人的。在这里，时间模糊了概念。不用赶着上班挤地铁，不用担心在信息爆炸的大都市不奔跑就会被淘汰。在这里，阳光就是用来享受的，时间就是用来消遣的。

回国后，烈日当头的夏天，我没有打伞的习惯。不上班的时候，我会踏着帆布鞋，乐此不疲地奔走在日光里。小麦色的肌肤和灿烂的笑容，成了我的专属标志。

很多人来到希腊，并不是为了看什么教堂和古迹，他们可能只想和爱人一起逃离喧嚣，在日出时读一本小说，在日落时候听一首歌。

传说伊亚，拥有世界上最美的日落。

伊亚，没有所谓的最佳观景点。每隔一段公路，都会有临时

KEEP CLAM AND CARRY ON

061

/ 逃离喧嚣，看日出日落 /

停车点。对我们随停随看，很是方便。当太阳逐渐变成蛋黄色，我们立马停下车，知道日落要来了。我盘腿坐在车顶部，静静地看着这颗蛋黄一点点降落。大海被镶上了一层玫瑰金色，远处的帆船也停了下来。原来这是专门看日落的帆船，船上的人可以一边享用丰盛的晚餐，一边欣赏日落。我不禁想，在海上看日落，会离太阳更近吗？太阳看起来会更大吗？

远方的村落、山川、悬崖、海洋一点点都镀上金色，焕发着光芒。我没有任何缘由地留下眼泪。在大自然面前，任何世俗的纠葛、磨难和痛苦，都显得微不足道。大自然似乎很容易就拥有治愈的魔力。纵使心中有再大的苦楚，只要静静地坐着、看着，好像就被治愈了。

当那颗大蛋黄完全藏进海洋，身边的旅行者们，尖叫着，不住地拍着手掌。我们仨开着车、放声歌唱，继续上路，追赶着那最后一抹落日的余晖。

海洋，是圣托尼里的秘密所在。

在浪漫的爱琴海，我经历了人生中第一次深潜。和潜水俱乐部提前预约过。一位名叫 Nicole 的教练，一早就开车来接我们。他三十出头，英国人。在异乡听到熟悉的英音，竟是这般亲切。后来得知我们都在英国上学，觉得更是投缘。Nicole 说，他几年前来到这里，便再也不想离开了。在希腊，这样的故事不足为奇。希腊仿佛是有魔力的，她总能不经意地留住来到这里的每个旅人。

Nicole 让我们看了初学者的教学视频，又为我们做了简单的安全培训。随后他开车载我们去了一个较远的海滩。Nicole 说这里人少，是附近最佳的潜水点。我们做好热身准备、穿戴好装备，背上沉重的氧气罐。

我怀着好奇和期待，慢慢往深水处游去。终于可以到海底世界一探究竟了。我跟着 Nicole 一点点往下潜，直到海水完全浸没我的身体。冰凉一寸寸吞噬着我的肌肤。我有些紧张，注意力完全集中在耳朵的不适应和呼吸的紊乱。Nicole 给我打着手语，叫我平复心情。我跟着他的动作调整气压，慢慢地适应了水下的温度和气压。这时候，我才睁大眼，来看这个水底世界。

我们所在的位置，阳光还可以照射下来。抬头看，水面波光涌动与水底的宁静形成鲜明的对比。我只能听到自己吐出的气泡声。海水清澈透亮，珊瑚渐次变幻着色彩，随着水波自由地摇摆着身体。鱼群就在不远处的地方，我向它们游过去，它们又顽皮的逃跑了。我好奇地游来游去，再往深处，则是一望无际的黑暗，像一个巨大的宇宙黑洞，充满了玄机。

海底的生活，始终是冰冷的，没有阳光的。传说鱼只有7秒的记忆，是想忘记寒冷的感觉吗？在海底待了一会儿，我就开始怀念阳光了。阳光下的风景，总是带着温度的。

我看过了那么多风景，却一次又一次地被大自然征服。世界为造物主之无尽藏也，而吾与子之所共食。

费拉，是圣托里尼最为热闹的小镇。

餐厅、酒馆、冰淇淋吧、独立服装店，一应俱全。房子都被刷成了蓝白两色，街头巷尾点缀着繁盛的鲜花，随性一框，就是一幅绝妙的油画。

我们找到一家小店，集咖啡厅、花房、纪念品店为一体，很是特别。小店被各种货物堆放的满满当当。咖啡区有一排大大的落地窗。窗外,可以看到海对面,坐落在悬崖上的村落。窗帘是暖暖的鹅黄色。房间靠墙的一面,立着一个延伸到天花板的大书架,书架底下放着古皮质双人沙发。收银台上,堆满了乱七八糟的旅行纪念品,还有老式手摇唱片机、录音机和小盆栽。墙上则挂着大大小小的画和电影海报。这里,凌乱得像一个杂货铺子,有家的味道。

小店主人,站在货架前,一边整理一边和我们闲聊。他说这家店是他和妈妈一起经营的,冬天不营业。因为那时,他们全家会一起去旅行。待春天来了,又会重新开门,贩卖一些旅行中淘来的纪念品。他笑着说,这些纪念品的销路一直都不错呢。

我很羡慕他们的生活方式,而他却说,他们只是按照自己意愿生活。

活出自己想要的生活,这不就是我们倾尽一生追求的人生意义吗?而这世间又有几人能真正做到随心而活呢?

萍水相逢，念念不忘

到达雅典的第一个清晨。我站在街头，举目四望。

整座城市还沉浸在经济危机的失落中，并未获得解脱。街道上很多店都大门紧闭，开着门的小店，店员也都在无所事事地发呆。一种荒凉之感在清晨不期而至。

在公交站等车，却被路人告知：今天又罢工了，市内公共交通全部瘫痪。几个衣衫褴褛的流浪汉，在远处佝偻着腰，喃喃自语。相比于明媚的圣托里尼，雅典显得有些萧条。但我始终相信，在这些表面印象背后，雅典最真实的模样还未揭开。孕育着欧洲最古老文明的雅典，绝非只是这般模样。

我们的第一站，是帕特农神殿。在神殿山脚下，有几个写生的画家。他们眯起眼睛，用铅笔丈量着远处山顶，那大名鼎鼎的帕特农神殿。放在他们旁边出售的，是他们创作的不同角度的帕特农神殿的写生。

真的很羡慕希腊人。他们可以花一整个下午,只在神殿发发呆;或随便找个街角,就坐下写生;他们可以去苏格拉底游走的集市,感受谈天论地的慷慨激昂;或随便走进一家咖啡馆,端起杯子,好像就能够触碰到柏拉图的指纹。雅典绝对是文化流动的盛宴。

帕特农神殿,巍峨地伫立在卫城的最高点。它是整个希腊,建筑造诣的最高体现。虽然现在,只有断壁残垣。可在这破败的石柱子背后,却暗藏着精美绝伦的浮雕和科学的黄金分割比例。帕特农神殿的姿态,依旧震慑人心。他记录了希腊千百年来的沉浮,定格了雅典的辉煌与落寞。我们站在,帕特农神殿前的广场。千年前的帕那太耐节生生不息的场景,仿佛就在眼前。

/ 雅典 · 文化流动的盛宴 /

远处的伊拉克里翁神殿，是一栋神圣的建筑。由大理石打造的，6尊希腊少女神像，托起神殿顶。远远看去，近处的神殿、散落着的石块，与远处青蓝色的山脉、密密麻麻的房屋形成一道文明的风景线，神圣而不可侵犯。神殿墙壁上的每一条残垣缝隙，都是在向世人诉说雅典古老而悠久的历史文化积淀。

我们依残垣而坐。旁边的老爷爷一边啜饮着咖啡，一边跟我们讲述雅典的故事。他说这里曾经是雅典娜和海神波塞冬战斗的地方，最终雅典娜取胜。老爷爷骄傲地说，雅典娜带给雅典的财富，取之不尽、用之不竭。最大的财富，就是雅典人民的智慧与坚强。

在这个特殊的经济时期，雅典人民也一定能像雅典娜女神一样，战胜困难，勇往直前。

/ 文明的风景线 /

雅典是旅行的最后一站。下山后，仍是烈日当空的午后。阳光过于强烈，晒得我有些头重脚轻。我们在街头闲逛，大家略有些疲倦了。突然听到有人喊住我们。

只见一位面容姣好的女子，从一辆薄荷绿面包车中，探出了头。她友好地跟我们搭讪。还大方地问我们，想不想进她的房车里参观。受地中海气候的影响，希腊人一向都是这样的温和、不拘小节和热情好客。"房车"？我只在旅行杂志中见过。难道她是开着改装车，四处游玩的行者吗？

小白抢先一步跳上了车，我们也跟了上去。车内大概30平米，并不拥挤。车头放着一张单人床，没有一个褶皱，甚是整洁。她叫索菲亚，是这辆车的主人，也是个收藏家。她经常开着车，满欧洲地闲逛，到处去找老东西。被她收回来的东西，多数作为电影道具被回收，还有一部分被拿来拍卖。挣来的这些钱，为索菲亚下一次出发打下了物质基础。这样开车生活旅行，真是让人羡慕。我要是也有一辆房车就好了，那我就可以想去那里就去那里，可以做到真正地说走就走。

想想，我要是没有出发，没有在路上，我不可能遇到这么多有趣的人，也不会看见这么多不一样的故事，和千姿百态的生活。

回想起，我回国后的经历。我把旅行时的照片配上当时的心得，发到网上。没想到一个帖子一晚上的点击率就上万；还被"在路上"旅行网站评为"特约旅行家"，作为全国巡回分享会西安站的嘉宾，给大家分享我的旅行体会。

要是没有旅行，我不会是现在的模样，不会交那么多朋友，不会被更多人认识，也不会有现在这个机会，写字给你看。心怀感恩，我感谢旅行给予我一切。

记得有朋友问我，如何把旅行玩得和别人不一样？如何给予旅行无限的可能性？

事实上，不是我玩转旅行，而是旅行给我无限的可能性。怀着一颗赤子之心，带着灵魂带着希望去旅行，你的旅行就会不一样。你的心、你的灵魂，你的希望，在路上了吗？

我不曾想过，那些萍水相逢的人和故事，会变成我笔下的念念不忘。它们激励着我保持初心，继续前行，也激励着更多有旅行梦的人勇敢追梦。我忘不了旅行的力量，是它让我成为现在的自己、更好的自己。

不想离开,需要理由吗?

在雅典的最后一天,我们仨一拍即合,临时改变计划,打算再多呆几天。这在旅行中,还是头一次。

想起离开前,小白和阿蒙闷闷不乐的样子。我说:"要不我们改签吧,多待几天。"他们立刻欢呼起来,仿佛就等我开口了。

原来,大家的心早已经被雅典套住了,套得牢牢的。

雅典有着不同于欧洲的感觉,仿佛每一个城市,每一个海岛,每一片土地都流淌着美丽的神话故事。雅典在经历了岁月洗礼后,沉淀下来的是可以深入人心的力量,不浮夸不焦躁。值得我们花时间去留念、去纪念。

雅典,相聚有时,后会有期。

KEEP CLAM AND CARRY ON

071

/ 每个女孩都有一个关于海岛的梦 /

德国，我爱你的深沉。

GERMANY

德国

>>Chapter 03

德国：穿过人群拥抱你

Keep clam and carry on

穿越时空的旅行

第一次来德国,源于两年前的法兰克福之行。短短的三天,法兰克福都在下雨。不苟言笑的德国人,让我对这个国家并没有太多好感。印象中的德国人过分严谨、肃穆、不近人情,甚至有些刻板。

第二次来到这里,是一次交流学习活动。通过与德国学生深入交谈,我发现了他们冰冷的外表下的可爱。他们的人情只是内敛了些,含蓄了些。

提到德国,不得不提二战。德国人发动的那场战争,给犹太人以至全世界人们带来的巨大灾难。如今,几代德国人,用行动表明他们强烈的忏悔。从两代德国总统下跪致歉,到柏林市区大量修建的犹太人纪念馆。德国人让全世界看到了,他们对那段抹不去的历史,一直都在反省。

德国,是一个有故事的国家,洋洋洒洒的几页纸,并不能道出他们沉重又特殊的历史。我触摸着这个国家，我试着融入他们的生活。时间久了，我发现，打动我的，并不是动辄千年的历史古迹，而是这个民族的深沉。直面历史，一丝不苟地忏悔。

我爱上了他的深沉，不爱说话。

这次德国之旅，不是我一个人，而是和我们12届城市规划系的全体学生。

类似的交流学习经历，我有两次。第一次是大三，我们整个环境艺术系一起去安徽宏村写生。那时候还没有好的相机，也不会化妆。穿着在宏村买的粗布裙子，每天都沉浸在和朋友一起画画的时光里。第二次是时隔4年的现在，和完全不同的一帮人，来到这里学习、旅行。

/ 德国街头 /

这两次的学习经历，我收获的不仅仅是知识，更多的是回忆的欢声笑语。现如今，大家已经散落在世界的不同角落，奔波、忙碌。而我也迈出了追寻梦想的脚步——我想去谢菲尔德大学学习。

　　我的导师Florian，是典型的德国汉子，身材高大，带着一副黑框眼睛。当初，我不够资格申请谢菲尔德大学，屡申屡拒。并不想放弃的我，抱着作品集和一堆绘画习作找到他。他了解了我的来意，认真地和我聊了很久。我很诚心地对他说，我有多想上这个学校，多么喜欢设计，喜欢设计师这个能赋予生命力和创造力的职业。

　　最后他说，我愿意给你一个在这里学习的机会，但你回去要加强专业训练，九月份来报道吧。

/亲爱的Florian/

如果没有他，我连进入理想大学的机会都没有。跟着他为期一年的学习，我不仅收获了专业上的进步，更学到了严谨、认真、和谦的为人处事之道。感激的话，一直闷在心里。直到最后，我都没能对他说出。如果我的书，可以顺利出版，我要送他一本，并附上我的心里话：

亲爱的Florian，我有听你的话，有坚持不懈地去完成梦想。谢谢你，我亲爱的Florian。

初到汉堡，是下午5点。稍事休息，就约上全班的同学去吃饭。大家都迫不及待地想尝试德国的大肘子和啤酒。

我们选了一个沿街的餐馆，这是我们的第一次聚会。我们班有70后工作经验丰富的大叔，有国内名校毕业的高材生，还有满脑子奇怪想法的90后小鬼。

肘子端上来了，好大一只，够四五个女生分了。但用刀分肘子，并不容易，皮厚得根本切不开。我肚子饿得咕咕叫，顾不了那么多，用力撕下一块，就塞进嘴里。

只感觉咯嘣一声！像是什么东西卡到了牙齿，我以为是碎骨头，并没有在意，立马吐了出去。好友木木也放下刀子，用力撕下一块，咬了下去，肉没咬下，只见牙印留在了肘子皮上。木木说，这肘子是要磕掉大牙呀！我愣住了，舔了下牙，才发现刚才吐出去的不是骨头，是我的半颗大牙……

我在德国吃肘子磕掉半颗大牙的事，成为全班同学的笑料，一直持续到我们毕业。我那天暗暗发誓再也不吃德国肘子了！

磕掉的牙，花了几个月才长好，现在我已记不清是哪颗了。

但一起的欢笑，我却一直没忘过。

第二天一早，我们来到汉堡大学建筑系的工作室。室外是用废弃建材，搭建起来的创意空间。可以在这里休息，荡秋千或者聊天。

进去一看。天哪！这哪里是工作室，简直就是个乌托邦！

工作室，是旧厂房改造的。大大的空间，被一个个的可移动隔断，分成不同功能的小工作室。再往里走，有一个厨房，可以煮咖啡或者做些简餐。墙上挂了一块很大的黑板，可以留言或者随意地涂鸦。大工作室里，还有一个小冰箱，里面放了不同的饮料和啤酒。吧台上有一个玻璃罐子上面写着"whatever u put in"。你可以随便拿走喜欢的饮料，往罐子里放什么都可以。罐子里有1欧元硬币、20欧元大钞，竟然还有钥匙链小公仔。小小的罐子里，别有洞天，颇为有趣。

工作室的桌子上，透明玻璃瓶上插了鲜花。

清晨的阳光洒进厨房，像阳光烤熟的面包片散发出的味道。炸的外焦内嫩的薯条，随意地躺在盘子里，再配上鲜榨橙汁，浓得散不开的生活气息，尽在其中！

有个项目，我们需要和德国学生合作，所以要进行分组。别看德国学生平日不苟言笑，却想出了有趣的点子。他们在室外的大黑板上，写下自己的名字爱好和特长。我们在感兴趣的后面，填上自己的名字。这样，凭兴趣分好了组。

除了我和木木，我们组另外4个人都是德国人。简单的自我介绍之后，我们很快聊得热火，从中国到德国，从美食到足球，无所不谈。

KEEP CLAM AND CARRY ON

079

/ 工作室 /

/ 生活气息 /

我自流浪，心自远方
—
080

/Group of superman/

Manda 是高挑的德国美女,有高高的鼻子、深邃的眼眸。Mark 和 Zeo 属于活跃气氛的活宝级人物,他们总能把大家逗乐。Luyi 略显严肃,也不怎么笑,他算是我们组的小领队。

"Group of superman"是我们的组名。我们都希望能像超人一样,无所不能。

在和组员相处过程中,我们都试图去了解对方国家的文化。有一次,我问他们:"在和德国人相处的过程中,有没有什么忌讳的话题?"他们的表情突然沉重起来,Luyi 说他们都不愿提起那一段不堪的战争,其他没有什么。我从他们的表情中,读出了沉重和忏悔,这自然流露出来的感情,让我从心底敬佩。我欣赏他们敢于承认并直面历史的勇气,也理解他们的痛楚,所以这个话题就到此为止了,我再也没多问。

很多朋友问过我,在和外国人接触的过程中,会不会因为文化差异,而难以沟通?

文化差异确实会带来交流的障碍,但这障碍却不是不可逾越的。不管和哪个国家、哪个种族的人,只要你愿意敞开心扉,换位思考,沟通自然就会变得简单了。而且在这个沟通的过程中,你会收获了友谊,还有可能遇到一辈子的好朋友。

彩虹深处

香珍区,是汉堡给我留下最深刻印象的地方。

这里曾经一度废弃,自从当地艺术家和嬉皮们来到这里,他们在街头涂鸦,开工作室、创意小店和餐厅,慢慢地形成了反主流文化大本营。吸引了大批游客。后来,政府似乎也默许了这种艺术行为,任由他们在这里泼洒艺术。

创意十足的涂鸦作品,随处可见。废弃的自行车、晾晒着的衣服、简陋的画都被认真的收集起来。换一种形式,就成为了美的装饰。看似随意地堆放,却都恰到好处。

几个"奇装异服"的年轻人,在舞台上跳起舞来。一个女孩吸了一口香烟,吐出几个爱心形状的烟圈。看得我目瞪口呆,连声称赞真厉害!她回头看看我,斜着眼睛对我笑了一下。

走近一家家小店,我的喜欢被这些随意和任性,填得满满的。

这不就是我最理想的生活状态么?一个人,一间店,做喜欢

KEEP CLAM AND CARRY ON

———

083

/ 香琦区·彩虹艺术 /

的东西，卖给喜欢它的人。

在香珍区的每一个角落，我都可以感受得到艺术和创意的气息。这些嬉皮艺术家们，选择了一种漫不经心却又放肆无畏的姿态，去面对生活，去过生活。

认为玩艺术，一定要有富裕的物质基础的想法，我不敢苟同。普通人也有追求美和艺术的权利。在这里，没有奢侈的物欲生活，也没有价值不菲的艺术品。满目都是色彩，满目都是生活，都是艺术。

写到这里，我不由地微笑起来。

原来我一直没忘记对理想生活的渴望。我向往流浪和自由，却被日常生活的柴米油盐，困住了手脚。我向家人和朋友诉说，却不断有人提醒我："不现实"、"根本不可能"。没有什么事，是绝对的可能或不可能的，只有你愿不愿意去做、有没有勇气去做。我并不满足，我还是努力地向我的理想迈进。

一直以来，我的梦想是开一家设计咖啡馆，精心装潢店里的每一个角落，用心调制每一杯饮品，设计精美的礼品出售，和来店里的客人们聊天搜集他们的故事。等攒够了钱，再次启程去下一个地方。就像我在希腊遇见的，那家咖啡店主人的生活轨迹一般，不求富贵，只求自由和快乐。

现在的我，害怕工作久了，会忘记最初的理想，会失去那份纯真的情怀，会慢慢沉溺于物质生活里。如果我有勇气像他们一样，抛开一切，一辈子做喜欢的事，那该有多好？

我想到了"活在当下"的精神，想到了 Saul Bellow 的那句至理名言——"Seize the day"（及时行乐），还有李白《将进酒》

里的"人生得意须尽欢,莫使金樽空对月。天生我材必有用,千金散尽还复来。"

有一种人,不管在哪里,都可以快乐地生活。而我也要向他们那样地生活,那样地快乐。

至此,汉堡短暂的交换学习,结束了。对于汉堡,我们终究只是过客,而这几天的经历就是一场梦。旅途中邂逅的陌生人,有的成为了朋友,更多的是萍水相逢。

有的人,可能这辈子都不会再见面。但似乎每个人都在我心里留下或深或浅的一笔。跨国的友谊,早就在心底发芽了。和他们约定,下一次,中国见!

两个人的狂欢

接下来的行程,是两个女生的狂欢。

我们的旅程,一路南下。

沿途经过童话般的古堡,田园般的村落和静谧的湖泊。这一切都被车窗框成了流动的风景画。而我们只负责一幅幅欣赏。

看看沿途的风景,不紧不慢地到达目的地,这样的旅途才能到达身心的愉快吧。我喜欢坐火车的感觉,喜欢看着窗外的湖泊和村落,呼呼地被甩在身后。在路上的感觉,变得真实可感。发呆、画画、听音乐或是写随笔,都是我钟爱的旅途生活方式。

我习惯观察周围的人,看他们的穿着。有时候从他们的谈吐,可以判断出他们来自什么地方。和他们聊天,自然也成了消磨时光的最好方式。好像自己在拍一部公路电影,而主角就是自己和旅途中那些形形色色的人。

闺蜜游,现在是很时髦的。两个女生穿着异域的裙子,化着精致的妆容，去到一个陌生的城市一起探寻历史、发现美食。我们分享旅行中的点点滴滴、心路历程，也互相依偎、彻夜长谈。

我身边总有一群如星星般的女孩儿，她们独立、坚定且善良。她们：有被黑人抢钱不成反被劫色的；有努力学习却因为考试综合症，两年都没有拿到学位的；有签证莫名其妙一次次被签证官发错，被命令必须回国的；有被心术不正的男子骗上床，却对人家付出真心的。

我平淡地说出自己的故事、她们的故事。那些原本我认为无法愈合的伤口，在时间的长河里结了疤不疼了。我们甚至会在茶余饭后，相互打趣，聊起那些曾经痛苦不堪的经历。经历是人生的一笔财富，但更重要的是在经历中成长，并变得坚不可摧。

坚强，就是这个时候养成的本能。

这次跟妈妈说，我又要去旅行。她担心地问我："两个女生真的没问题吗？"然后又反复叮咛我要注意安全。每次，我都告诉妈妈，没事的，女儿长大了，会照顾好自己的。儿行千里母担忧，电话这头的我，觉得自己很不孝。长这么大了，还让父母担心。

很长一段时间，我都过着冷暖自知的生活。虽然受过委屈，虽然偷偷落泪，可我从没有想过放弃，反而愈挫愈勇。感谢那些挫败，让我越飞越远。

是的，没有什么可以打垮我。小小身体里爆发出的能量，强大到连自己都被吓一跳。那能量是电是光，是深藏的不羁的灵魂。

在路上，我们都要做忠于自己灵魂的女孩儿；在路上，只为伴着我的人。

我自流浪，心自远方

/ 一路南下 /

KEEP CLAM AND CARRY ON

089

我自流浪,心自远方

/ 形形色色的德国人 /

KEEP CLAM AND CARRY ON

091

此生最美的风景

走出科隆火车站,一座巍峨的大教堂,映入眼帘。这就是科隆大教堂。

它经历了七个世纪的风风雨雨,才宣告建成。相比欧洲多数教堂的混搭风,哥特式是科隆大教堂唯一的建筑风格。它以纯粹的哥特式彰显威严和庄重,是莱茵河畔最完美的建筑。

找了最佳的写生位置,我和阿惠坐下,掏出画具,准备用画笔丈量这座最靠近天堂的教堂。

我喜欢水彩画笔触碰颜料的感觉;我喜欢群青、钴蓝、明黄;我喜欢看着不同颜料,经过我的手,组合成新的风景。当我将看到的景色,画了下来,我总是有很大满足感。

我呆呆地想,我为什么会爱上画画呢?

从前,"自信"、"美丽"这样的字眼,总与我无缘。自卑的情绪,一直伴随着我读完了整个初中。"差生"、"不好好学习"

的印象符号，一扣就是3年。

那时候的我，会在课堂上，读抽屉里摊开的一本小说。一整节课，头都不抬一下。那时候最爱的作品是《飘》、《简爱》和《阿甘正传》。我曾幻想和斯嘉丽一起驰骋在战场上，做一个没有任何事能击垮我的南美女侠；也曾羡慕简·爱，拥有智慧而敏感的灵魂；我还曾和同桌一起看《阿甘正传》，然后在课堂上笑的前仰后合。

差强人意的成绩，让我的老师们透了脑筋。在重点中学，学生的学习成绩和老师的奖金是划等号的。英语老师曾让妈妈带我去医院检查，看有没有多动症；语文老师因为我丢橡皮让我到讲台前罚站；化学老师当着全班同学的面，说我是花瓶。

班里有两个关系非常好的女朋友，班主任后来找她俩谈话，说和我玩，会影响学习。结果就是，我从此失去了她们这两个玩伴。这件事对我的童年打击挺大的，我甚至产生了心理阴影。成绩不好，就是罪大恶极吗？

看着父母失望的表情，我怯懦却又叛逆，总把自己关起来。

后来，妈妈送我去美术学院做专业的培训。她不曾想到，这个决定改变了我，甚至改变了我整个人生轨迹。

我变得安静起来，为了画好一张画，执著地在画室一坐就是一整天。每天温习完文化课再临摹，一遍遍地画，直到满意为止。我一点点地在进步，直到不断有人夸我画得很棒，我自信心才开始慢慢建立起来。在画画的过程中，我像一条畅游在大海里的小鱼，思维变得敏捷又细腻。我不再焦躁，我变得乐观。我早已不再是那个听到老师在讲台上念成绩，就战战兢兢的小女孩了。这是一个新的我。绘画带给了我无限的可能性。

回过神来,才发现自己呆了很久。我抬起头,举起胳膊,用铅笔丈量这座雄伟的建筑。阳光透过塔尖洒在我的身上,我眯起双眼盯着眼前的教堂,不一会儿又低下头,在画板上挥洒颜料。周围不断有人停下来观看,还有人蹲下来和我们交谈。

我多么希望,时光就定格在这个画面。

我在教堂底下画风景,看风景的人在教堂里看我,无意间,我也成了别人的风景。

/时光定格/
/科隆大教堂/

巴伐利亚的泪滴

国王湖美得,像是巴伐利亚流下的一滴泪滴,清澈无比,晶莹剔透。

小鸭子悠闲地漂浮在湖面上,阳光透过水面折射出缤纷的色彩。稍浅的湖岸,可以清晰地看见水底的世界,水草摇曳,鱼儿嬉戏。

清俊的大山连绵不绝,高低起伏。它以动人的曲线来表现触人心弦的柔情。在群山的怀抱里,有一个孤立的半岛,岛上盈盈地矗立着一座巴洛克风格的小教堂。坐在船上,伸出手,感受湖风从指间划过、萦绕。船长让船在湖中心稍作停留,并为我们吹响了号角,这回声游荡在群山之间,形成多重奏,美妙之极!

到达湖中心的小岛,船长千叮咛万嘱咐,说最后一班回程船是下午4点,让我们千万别迟到了,迟到了就只能在孤岛上过夜了。

下船后,我和阿惠漫步丛林,时间似乎也为我们稍作停留,慢了下来。

虽说阳光异常强烈,气温倒还舒适。徐徐凉风拂面,总带着些许撩人的情愫。

摊开画具,我们又开始写生!当我的旅行变成一张张画,当我用相机定格景色,它们便带着时间的记忆。

转过头来,发现身边的阿惠,已经躺在草丛里睡着了。不觉,我也困意十足。挨着她也躺了下来。用手遮住层层树叶透下来的光斑,慢慢地进入了梦乡。我梦见我在奔跑,还看到了仙境……

"快醒醒!来不急了!"

我被阿惠疯狂地摇起来,吓了一跳,以为出了什么大事。她晃着手表,大喊:"快4点了!"我一个起身,开始疯狂地往包里扔画具。收拾好后,我俩百米冲刺般地飞到了港口,跳上了船。3秒后,船开了。

好险啊!我和阿惠惊魂甫定,感慨差点今晚就要在孤岛上过夜了。

船已开出百米远,这时,听到岛上一对年轻的外国情侣,站在岸边无奈又沮丧地对

KEEP CLAM AND CARRY ON

097

/ 巴伐利亚流下的泪滴 /

着船挥手大喊。我正幻想着他俩在瑟瑟寒风中过夜的场景,船长竟掉头回去了。大家都会意地笑了。他们上船后,脸上写满了尴尬,连声向大家道歉。

看来德国人也不是那么不近人情,这不,所有人都上船了。大家一起逃离孤岛。

止战之殇

柏林，是我们德国观光的最后一站。与欧洲其他城市相比，柏林略显另类。它没有罗马的热情明媚，也没有巴黎的浪漫情怀。在艺术、文化和政治的交融中，柏林筑起了其独特的城市构架，看似完美的秩序下却暗含矛盾的意识形态。

初到柏林中央火车站，已是下午6点。天空正在飘着小雨。记得一年前，我初到法兰克福，那天也下着这样的雨。

天空是纯粹的湖蓝色，湖像是漏了底，掉下一颗颗蓝水滴。那色彩美得让人心醉。微凉雨下，德国人行色匆匆，整个城市好像有些疏离。

坐上开往市区的巴士，看着窗外的中央火车站渐行渐远。我慵懒地靠在窗边昏昏欲睡。新的旅程又要拉开序幕。

我的旅行观是：宁愿只在一个地方多住一段时间，去听当地老人讲那里古老的故事；或者走进一间不错的餐厅，用精美的餐具，体验从前菜到主食到甜点的整套饮食享受；再或者走进一间电影院看看正在热映的电影。消磨大把的时光融入一个城市，才能看到这个城市本真的风貌。我执著于的旅行，可能就是走走停停。享受看风景的闲适和优雅。

巴士对面坐着的一位慈祥的德国老奶奶，一直对着我们微笑。友好的气氛让我们很快聊了起来。阿惠一直紧张地盯着站牌，生怕下错站。奶奶看出阿惠的担忧，笑着跟我们说，放轻松，她会提醒我们的。她还说，要教我们德语放松一下。老奶奶，非常认真，一个个单词地教了起来，纠正我们的发音，让我们跟读。因为奶奶的可爱，柏林在我心中也变得亲切很多。

车上还有一对中国小夫妻，他们来度蜜月，拖着28寸的旅行箱。可是他们不会德文也不会英文。我惊奇地问："那你们怎么知道哪一站下车？"女孩淡定地说："看攻略上说，从中央火车站出来，到我们要去的地方大约40分钟，40分钟后下车就ok啦！"我和阿惠都吃惊地看着他俩，心想还有这种玩法？在他们要下车的那一站，我们好心地提醒了他们。原来不是攻略上的40分钟，而是20分钟。

旅行中，会遇到很多帮助自己的人，也会遇到很多需要帮助的人。当我们帮助对方离目的地更近一步，甚至帮助他们到达终点时，我们的内心会不会被这旅行的未知和善意感动，而这个世界是不是又美好了一点。

看着小夫妻拖着大箱子远去的背影，我为他们担心起来，这样真的可以么？可是从他们的表情，我看到了因幸福盛满的斗志。对彼此相爱的人来说，只要在一起，去哪儿都不重要，有对方在的地方就是家!

进入柏林市区,竟有些陌生,有些肃静。我想看看那段历史。此时,心不免有些沉重。

距第二次世界大战,已经过去了大半个世纪。

纳粹屠杀犹太人的惨痛事实,早已封存在历史的长河里。可这涅槃之痛的硝烟却久久也挥散不去。世界还是没有忘记这段历史。

柏林的犹太人博物馆,是由犹太裔建筑师丹尼尔·里布斯金设计的,被称为"浓缩生命痛苦和烦恼的稀世作品"。博物馆承载了无数德国人的忏悔和后来者的祭奠。设计者用建筑的破裂扭曲,有意强迫来到这里的每一个人,直面这段惨痛的历史。

这栋建筑以金属皮包裹,看上去像是一座巨大恐怖阴冷的铁皮屋。窗户是一个个长方条,不规则地爬在建筑外墙。从外部看,像是一条条残忍的伤疤,象征着犹太人破碎艰苦的那段历史。光从窗户透进来,形成了微妙的空间效果,像是恐怖的集中营里看不到的曙光。

进入馆内,便直接来到地下室。这里有设计方案从开始到实施的全过程展示。馆内设计更是一改常规的参观模式,像是一个超大的迷宫。空旷的空间,充满着连续的锐角、曲折的线条。这个巨大的空间被切得支离破碎,象征着犹太人千疮百孔的内心。

从迷宫出来,便开始了三条相互交叉的参观轴线:死亡、逃生、共生。

死亡轴线的尽头是模仿纳粹集中营的"屠杀之塔"。费力推开那扇沉重的铁门,被眼前的场景震撼到了。三角形空间,约30

米高,很黑,没有窗户,只在顶部透出一丝光亮。

我瞬间被恐怖、压抑、阴冷和潮湿所包围。参观的游客变成一道道幻影,一晃而过又那么地不真实。期间不断有游客进入,身后沉重的大铁门一次次发出巨大的"砰"声,把深深陷入这个恐怖世界的我,一次次惊醒。

我们往前走,到达"落叶馆"。狭长封闭的空间里,有一万个钢板制成的人脸,每张人脸只有一双空洞的眼睛和张大的嘴。粗糙的、绝望的脸,铺满整个地面。从这里经过,仿佛感受到他们面临酷刑和死亡时的绝望,令人不寒而栗……

参观的过程中,我和阿惠没怎么交谈,沉默始终伴随着我们。

走到博物馆的露天花园,我深吸一口气,但压抑的情绪并没有得到舒缓。李布斯金用49根7行7列的混泥土柱,填满花园,柱子刻意倾斜杂乱地散布在花园。这与严谨规矩的德国人特质格格不入,显得非常讽刺。

我们在一个水泥柱上坐下来,阳光直射,刺得我睁不开眼。我回忆起以前看过的关于二战、纳粹和犹太人的电影,一部部地讲给阿惠听。

《美丽人生》是其中最经典的一部。电影的背景为二战期间战乱阴云笼罩下的意大利,男主人公由罗伯托主演的意大利犹太人圭多,是一个聪明又天性乐观的青年。他娶了一位美丽的意大利妻子并且生下一个儿子。可是好日子并没有伴随他们太久。随着二战开始,他们悲惨人生的序幕也拉开了。圭多和儿子被关进纳粹集中营,每天都过着炼狱般的日子。可是乐观又聪明的圭多,告诉儿子,这只是一场游戏。只要赢得游戏,就可以获得奖品,

KEEP CLAM AND CARRY ON
103

/二战的记忆/

是一辆真坦克。儿子自然相信了,并且配合父亲一起"玩"起了这场真人游戏。

在恐怖的阴云下,伟大的父亲用爱筑起了一道围墙,保护着儿子幼小的心灵。直到最后,父亲被纳粹杀死,他依旧以幽默的方式面对。那些杀戮和令人难以置信的鲜血,在孩子的眼中被折射得如此光怪陆离。

另一部是《穿条纹睡衣的男孩》。电影是通过孩子的视角来讲述那个特殊的时代。一个男孩被身为纳粹军官的父亲,带到奥斯维辛集中营。在那里,他没有同龄的朋友。他每天都能看到家附近的农村里有穿着"条纹睡衣"的人们在干活。不久,他在这里认识了他同龄朋友——"穿条纹睡衣的男孩"西姆尔。可是命运无情,跟这个无辜的男孩,开了一个玩笑。他为了找他的小伙伴西姆尔,换上了和他一样的"条纹

/战争的伤痕/

睡衣",却被误带到毒气室。

  无论是哪一方,无论是平民或者士兵,战争带来他们的永远只是伤害。单纯的孩子更是不懂得种族杀戮。电影里,当两个男孩在毒气室牵起手,全世界都会为之动容吧!世界原该像两个孩子的友情一样和平且简单。但战争夺走了一切。"真善美"被践踏得体无完肤。

  类似的电影还有很多,比如《钢琴师》、比如《辛德勒名单》,这些电影不只是单纯地反映纳粹的残暴和兽性,更多的是谴责战争对人的伤害。不论是二战电影,还是这座犹太人博物馆,带给我们的思考和启迪永远不是仇恨,而是珍爱和平,拒绝战争的永恒誓言。

  故事讲到这里,我和阿惠不禁都泪湿眼眶。

  愿世界和平,永远不再有战争。

爱像一阵风

到达柏林，我们选择了当地的家庭旅馆，40欧元就可以住一晚上。女主人谈吐礼貌、大方。男主人是中国人。原来女生去中国旅行时，和当时的中国导游，也就是男主人，一见钟情。两人喜结连理，在北京生活了一年多，现在移居柏林，有一对非常可爱的混血双胞胎宝宝。我很惊讶于这样的遇见，惊讶于这样不经意间发生的爱情。

缘分就像一阵风，来无影去无踪。而爱情就像是沿途的风景，可遇而不可求。

这让我想起了S。认识他的时，我还是大三，青春无比。那时所有人都认为，我们是天造地设的一对。父辈是世交，儿女又有缘走到了一起。我总撒娇地喊他哆啦A梦先生。包容是他给我下的最大魔咒。那时候的我，任性、自私、蛮横、骄傲，不可一世。他满足我那时所有虚荣心。然而后来，他去了蒙特利尔，我去了

/爱像一阵风，吹完它就走/

谢菲尔德。我们之间越来越长的距离，只是个开始。我那时并不认为距离是我们之间的阻碍。可横在我们中间的万般无奈，交叉着时空。分手却成了注定的结局。

朋友跟我说，只有S是真的爱我的。因为爱，他会害怕失去，就会不断包容和妥协。我那个时候信心满满，觉得不管我做什么，他都不会离开我。

就在昨天，爸爸告诉我，S下个月就要结婚了。我们已经三年没见了，猛然听到这个消息还是很意外，可我还是故作镇定地说，结就结吧。我认为的那个永远只会爱我的男人，突然有一天，他爱上了别人，马上就要结婚了，但新娘不是我。

我想了很久，发消息给他说，恭喜。他很快就回了，还打趣地说，你也抓紧啊，将来有男朋友一定要让我看看，他一定比我强。

我自流浪，心自远方
———
108

/人生若只如初见/

我无奈地笑笑。是啊,未来那个"对的人"一定比你强。他劝我一定要改改坏脾气,不能再固执得不计后果;劝我再去酒吧一定要早点回家;劝我不要太要强,女强人可不是那么好当的……

我呆呆地坐在书桌前,想着:我才不是什么女强人!独自国外生活锻炼出的坚强,好像将这份无果的感情的伤痛,磨得什么也不剩了。不痛不痒,只是偶尔想起,再也掀不起波澜了。

在我还没遇到对的人之前,我还是要假装自己强大,假装自己什么都不在乎。现在的我,不用任何人的承诺就有了跋山涉水的勇气;现在的我,早已不在是那个因为拥有姣好的面容、优良的家境就骄傲得不可一世的公主。

我想把自己变得更好,这样才会遇见更好的人。

如果可以,我希望他还记得我们第一次见面的场景。人生若只如初见般美好,那该有多好啊。

我遥不可及的梦。

BARCELONA

巴塞罗那

>>Chapter 04
巴塞罗那：跟着高迪去飞翔

Keep clam and carry on

午夜巴塞罗那

我们在西班牙只去了一个城市——巴塞罗那。

我手中的笔,好像变成了放映机:我仿佛又看到自己,穿着白色长裙在圣托里尼的海滩尽情的奔跑;看到了自己,在大英博物馆专注地听讲解;在圣家族大教堂脚下,深情地仰望。我一字字、一句句、一篇篇地写下我的旅行时光,希望能有感动你的瞬间。

有多么强烈的愿望,就有多少实际的辛勤付出,当梦想达成的那一刻,我便也看到了那个闪闪发光的自己。

巴塞罗那,这座令无数设计师无限神往的城市。回忆的序幕拉开,首先映入脑海的是阳光挤进狭窄街道,西班牙大妈站在自家阳台上发呆,还有我、阿蒙和小白穿着人字拖慵懒地散步,举着冰淇淋,端着相机停下来拍照……

厌倦了旅行网站上,千篇一律的旅行攻略。我更愿意去寻找,那些散落在城市中的幽静院落和古老店铺,更愿意悠闲地漫步在

/ 巴塞罗那 · 生活的诗意 /

异国他乡，感受其特有的地气和灵气。

回想早期的旅行，无非就是暴走加吃喝玩乐。看到触碰心灵的景色也罕有写下来的冲动。可到后来，旅行给了我一个契机，让我慢慢地发现自己、认识自己。进而了解到自己最真实的诉求和最深刻的渴望。

我的旅行，不能也不会是逢场做秀和走马观花。出发前，阅读当地的文化风俗和历史背景，观看讲述或者拍摄那座城市的电影。等真的去了，旅行的画面就变得更加真实可感：自己是导演也是演员，正拍着一部又一部的电影，人物设定和剧情随遇见而定。遇见怎样的场景，遇见怎样的人发生怎样的故事，我的旅行电影就是什么样。

这，就是旅行，有意料之内的风景，也会有意想不到的惊喜。

巴塞罗那，拥有建筑史上最前卫、最疯狂的建筑艺术家——安东尼·高迪。他倾心40余载修建的圣家族大教堂，已成为巴塞罗那市的"地标"性建筑。巴塞罗那，洋溢着高迪浪漫的建筑气息。

巴塞罗那，还有很多元素，古老、时尚、光怪陆离……像一个万花筒，他的多样，尽在你眼中。不同的眼睛，看到的巴塞罗那自然不同。邀上朋友，对酒当歌或自顾自地漫步，都与这座城市很是贴合。这些多元化的特性，凝聚在这座城。多样化的这座城，是会发光的。

巴塞罗那本身，自由开放、热情好客、海纳百川、包罗万象。从旅行角度来说，它拥有沙滩、海岸、阳光（整个欧洲最充足的）、历史、艺术、建筑、足球、美食……真是让人不得不爱。

巴塞罗那，在我的镜头里是绚烂多彩的，无需再修饰的。相机是能让流动的瞬间定格成永恒的媒介。巴塞罗那，本就是永恒的，而它在我的相册里却是一种运动的静止，带着热情、带着阳光，他一会儿闹、一会儿跳。

对于摄影，我并不专业，也没有过人的技巧。个人认为，昂贵的设备和高超的技术是非必须的。因为生活是感性的，而非技术的。最简单的相机，也可以记录瞬间变成永恒。我喜欢照片原本的色彩。坚信最真实的，就是最美的。没有太多后期和滤镜下的巴萨罗那，才是我旅行中最明媚的风景线。

回国后，我从每个城市的相册里，分别选了一张照片，印成一套明信片。送给一个朋友，作为生日礼物。他说，那是他收到过的最有心的礼物。

我热爱艺术、美景、美酒、美食，也爱那些上了年头的老物件。我爱上了周末热情洋溢的集市，也爱上了高雅的博物馆；我爱有情怀的民宿，也爱奢华的五星级酒店。

世界上任何事物，都有自己的秉性和灵魂，万物皆有灵，存在即是合理。

遥不可及的梦

去巴塞罗那,一睹建筑鬼才安东尼·高迪传奇的作品,是我一生一定要做的几件事之一。因为艺术的共同性,绘画和建筑都享受着线条、颜色和曲线的美感。不管走多远,过了多久,我总是惦记着,要去看看高迪的建筑。

我以为,这只是个遥不可及的梦。如今,美梦成真,让我欢喜不已。

圣家族大教堂,只在明信片中看到的风景,现在巍然耸立在我的面前。我和阿蒙、小白站在了圣家族大教堂脚下。

激动,充满了血液,我就要沸腾了。跨越了时间和空间,我和安东尼·高迪在这里"相遇"了。艺术的灵魂,正穿越进我的身体里。

旅行伊始,我便知道当一个人的愿望足够强烈,他便会鼓着劲儿去创造,为这个梦想做准备。当有一天,梦想终于花开,心

/ 高迪·圣家族大教堂 /

花也会随之盛放。把心打开，里面满是春暖花开。

看过了许多欧洲的教堂，却唯独被这座圣家族大教堂震撼。它的惊艳在于：在某个不经意瞬间，你抬起头，眼前的一景就足以触动浑身细胞。言语在这种震撼面前，显得好苍白、好无力。如你能置身此地，见我所见，就能理解了。

我曾经看过一本介绍高迪的书，里面写道，圣家族大教堂设计伊始，高迪顶着巨大的压力，也曾遇到瓶颈，陷入了极度消沉的深渊。但大师在压力面前，总是异于常人。他决定断食 40 天。临界于死亡的极端方式，幸的是激发出了他创作的潜力。他最终拿出了设计方案,这便有了后来这座灵魂式的建筑——圣家族大教堂。

他惊世的才华和他另类的生活,在世人眼里,是近乎疯癫的。事实上他就是"疯子"。他不拘小节,甚至可以用衣衫褴褛来形容;他沉默寡言,做事追求极致;他终身未娶,甚至一生连一个情人都没有。他把自己百分之百地献身给了建筑艺术。

只有疯子,才会去描绘世界上不存在的东西;只有疯子,才能设计出和别人不一样的建筑。他是建筑鬼才。他独特的建筑风格,辨识度极高。世上没有第二个圣家族大教堂,也不会有第二个高迪。

圣家族大教堂的外观惊人的复杂,它共有18个高塔。教堂立面雕塑,运用了不同造型的人物和动物的石雕塑像,有的在拉小提琴;有的像是在诵读诗经;有的抱着小孩。值得一提的是,追求极致的高迪为了让人物看起来更加真实,所有的雕像的原型都是附近的村民。

教堂门外,买票的队伍已经到了街尽头,还好我们提前在网上订好了票。

走进教堂内部,这里更像是石头雕刻出的大自然,光怪陆离,美轮美奂,让人瞠目结舌。宛如一场光影的盛宴。高迪曾说过"直线属于人类,而曲线属于上帝"。他的作品中几乎看不到直线,"大自然"的各种元素在他的建筑中得以充分的体现。我不禁好奇地想,他到底是个怎样的人?

圣家族大教堂,不像科隆大教堂,高俊又冷漠;也不像巴黎圣母院凝重又庄严。这耗时600年却尚未完工的建筑,洗尽岁月的铅华,风华却不减当年。我们真是幸运,在有生之年,能与这样的建筑,欣喜相逢。

高迪建筑的下一站,巴特罗之家。

巴特罗之家,是西亚大道上珍宝般的建筑。这座房子建造于 1905 年至 1907 年间,并于 2005 年,被扩充入世界文化遗产。整个外立面,由冷色调的陶瓷碎片,拼铺而成;建筑延续了高迪的一贯设计风格,几乎没有棱角。屋顶是布满鳞片的龙背造型,

/巴特罗之家/

源于圣·乔治战斗恶龙的故事。

一位美丽的公主被龙困在城堡里,加泰罗尼亚的英雄圣·乔治,为了救出公主,与龙展开了搏斗,用剑杀死了龙。龙的血变成了一朵鲜红的玫瑰花,圣·乔治把它献给了公主。

高迪的灵感就来源于此,所以这座房子的每一个设计都有着特殊的含义。十字架形的烟囱代表英雄,鳞片状拱起的屋顶是巨龙的脊背,镶嵌彩饰的玻璃和构思独特的阳台则是面具,人骨造型的支架,没有一点阴森,阳光照耀下色彩缤纷的拼贴玻璃叫人眼花缭乱⋯⋯

进入室内,设计同样令人称叹。房子里的设计秉承了高迪一贯的作风,没有棱角,全是柔和的波浪形状。高迪用不同的蓝色瓷砖,拼成一个天井,从上向下望,就好像奇妙的海底世界。到达屋顶,里面放了一个巴特罗公寓的模型,配合灯光和音效,营造出春夏秋冬四个季节。

高迪用坚硬冰冷的水泥、瓷砖,成功地给大家营造了一个柔软又浪漫的海洋世界。钢筋水泥在他的设计下,不再单板,而拥有了生命的灵气。巴特罗之家,处处都是流动的韵律。

我不禁想,如果这个大房子里装满了水,我便可以像小鱼一样,在这个海底世界畅游,岂不美哉。

为什么流浪

白鸽,掠过教堂广场上空。我们来到欧洲最有名的林荫大道——兰布拉大道。

在这里,似乎所有人都身怀绝技。画家们专心致志地调和色彩,歌者吟唱悠长的旋律,舞者用肢体表达着情感。街头上人群中的他们,很专注,看不见行人,只描绘、诉说着自己的心。他们闭着眼睛,似在感受,又似与周围的喧嚣似毫无干系。

流浪,是艺术家们的标签,也是他们的生活态度。兰布拉大道,是他们灵魂的栖息地。这里,有艺术气息,有感同身受,还有流浪的心。居无定所,在常人眼中,是难以想象的。但在我的生活里,流浪即是流动,流动就是生生不息的希望和灵感。当我看到前进的列车、跳跃的烛光、展翅的白鸽、汹涌的海浪……我都恨不得融入其中,成为这流动的一部分。

我想去流浪,把世界当成家,把生活当作舞台。人生,需要

流动的姿态,和随心而动的勇气。这样活着的生命,才不至于平淡。平淡是真,但生命的真,在于放肆的活。

经常会有朋友问我,欧洲城市有何差别?我想,如果英国是矜持的;德国就是严谨的;捷克是明媚的;西班牙则一定是是明媚的暖色。这暖色调,会始终洋溢在去过这个城市的人的心里。你是谁,你心里想什么,就会看到什么样的风景。

晚上10点,兰布拉大道的夜生活才刚刚开始。琳琅满目的西班牙美食配上啤酒,放任自由的刺激感,在我的心中激荡。沿兰布拉大道走,遇见了祖母味道的甜品店、地道的西班牙海鲜饭、二手杂货铺子……好像随便进入一家,就能淘到宝物。随便一件,可能就有年头。

兰布拉大道边,有波盖利亚市场。这里是用种类繁多的水果、新鲜食材、各种香料谱的一首欢乐颂,更是色彩和味道的博物馆。

逛一个城市的市场,总是有趣的。那些不同音色的讨价还价,可是充满了这个城市生活的温度。

走了一天,准备回酒店。路过一条小路,拐进来便逃离了热闹与喧嚣。一个转角,就有不一样的风景。路灯的暖色调,时深时浅。与一只大白猫狭路相逢,走近时,它便会突然躺下,挺着胖胖的肚皮对着我们示好。

这一幕似曾相识,好像在哪见过。旅行带人,入梦一场,游走在现实和梦境之间。真实得有些虚幻,而虚幻得却又似真的。

我有点想念西安了。

不管我去哪里,飞多远,总会惦记着家。那里有我成长的印迹,更有我爱的人。

西安是鹅黄色的,旧旧的,带点历史的咸味儿;巴塞罗那是彩色的、是明亮的纯色调。那你的城市呢?它是什么颜色的?

/ 兰布拉大道·波盖利亚市场 /

心在路上

每个人都渴望与众不同，每个人都不同。我不是你，我也不像你，我只是我。

我去过几个国家，会画几幅画，就得到了别人的称赞，真是受之有过。我知道自己还差得远呢。还没有变得很厉害，还不能保护想要保护的人。

灵魂和身体，必须有一个在路上。还有那么多书没有读，那么多地方没有去，我怎么能松懈下来。青春并不长，但青春最珍贵。不想还没疯狂，就老了。

人们探讨旅行的意义，人们爱上旅行，去到远方。有人喜欢在出发前就研究攻略，确保自己不会错过任何一处风景；而有人则相反，即兴出发，旅途也是随性地走走停停；还有人出发可能只是一次逃离，逃离悲伤、失败或是心痛……

去的地方多了，旅行的意义愈是模糊了概念。我以为的旅行，除了在路上、去远方，还可以是周末的一次聚会，可以是读一本书，听一张CD，看几部电影，甚至一次奇幻的梦境。

只要心在路上，无时无刻都在旅行。

我也曾因旅行结下善缘。在回英国的飞机上，我遇到一个西安姑娘。因为是老乡，我们很聊得来。她在英国念书，也爱旅行。她拥有良好的家境，因为不愿听从母亲对其未来的安排，她只身去尼泊尔定居。她曾经说：我会在尼泊尔待到决定了下一站为止，我会不停地旅行、画画，不停地学习、认识这个世界。再见西安！

她的画作，充满了自由和叛逆。我问她，这样放弃学业、忤逆家长，不会觉得后悔吗？她说："小鱼姐，如果我选择听从家长的安排，可能每天都要违心的生活。绝对大多数人都觉得那样的生活稳定安逸，可我不是绝大多数人。即使撞南墙，那先撞了再说吧。"看着她，我想到自己的一次次远行。若不是亲身经历，怎么能感同身受。

远离了阅读、旅行、不再独处，人是很容易感到迷茫的。那些心灵的力量，是需要不断补充的。一天不思考，一周不读书，半年不旅行，积蓄的力量会一点点漏掉。我们会开始忘记思考、读书还有旅行的感觉，开始失去内心的平静，进而迷失了自己。心空了，也不知道，就这样漫无目的地活着。

人这一生，不就是在寻找那份平静吗？你愿意用心去找吗？你找到了吗？

To travel hopefully is better than to arrive

PRAGUE

布拉格

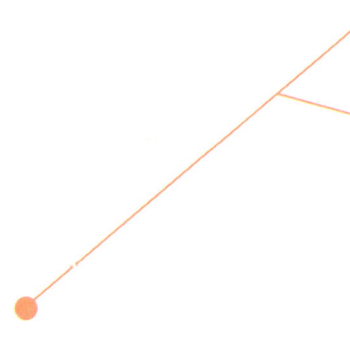

>> Chapter 05

布拉格：一起跳着舞旋转

Keep clam and carry on

说走就走的旅行

人这一生,至少要有一次奋不顾身的爱情和一次说走就走的旅行。

2013年3月底,为不安分的心,我们和布拉格,来了一场说走就走的旅行。

布拉格,这颗"东欧最璀璨的小行星",我半年内去过两次。如果维也纳是高傲的小公主;布达佩斯是婉约的淑女;布拉格则是一位身穿橘红色短裙的少女,青春洋溢。

躲过二战的轰炸,布拉格的老城区保存完整。无论是街道还是建筑,追溯起来都是有年头的。风吹雨打,日晒雨淋,覆上青苔的一砖一瓦,温柔地看着这座城市,像是看着自己的孩子。

第一次到布拉格的我和喜悦,是狼狈的。身未达,人已倦。想起为了赶上从慕尼黑去布拉格的大巴,我们凌晨起床。蓬头垢面,昏昏欲睡就上了车。上车后,倒头就睡了4个小时。

我以为出发的狼狈只是暂时的。不料，到达也狼狈得不行。

忘记提前联系房东拿钥匙。迎接我们的，只有紧闭的公寓大门。布拉格此时的气温，将近25度，我们俩还穿着在慕尼黑时的冬装。温度蒸得我们满头大汗。衣服早已湿透。这狼狈可算是里里外外，难受之至。

无奈，只得找一家咖啡店歇脚。不同于周围的喧嚣，咖啡店简洁雅致，安静又凉爽。四周的书架上满是书，细看下来，有一半是游记。莫非，咖啡店老板也有一颗流浪的心。

店员是一位曼妙的捷克女人，她身着黑色紧身连衣裙，长发及腰，还有一双深棕色大眼睛。我们点了两杯冰可乐，一饮而尽。然后看着她，欲言又止。她好像读懂了我们的心思，听过了我们的遭遇，她掏出电话跟房东沟通。放下电话，她微笑着说，好了，不用担心，房东会来这里接你们。

我再一次感动于陌生人的善意，因为有了这些小善良，我才能走这么远，才能走到更远的远方。

即使狼狈，即使贫困潦倒，总有一些人会出现，来帮助你摆脱现时的痛苦。人生就是起起落落的。在低谷时，要相信上帝会给你开一扇窗。说不定，窗外，就是春暖花开。

20分钟后，房东来了。拿到钥匙，我们冲回公寓。公寓房间很大，很干净。价钱合理，很适合穷游。洗完澡，才宣告我们的狼狈之旅结束。

房东帮我们制定了行程，推荐了一些有趣的小店，留下一份地图就离开了。临走前说："Enjoy your time in Praha, and you won't be disappointed."

带上攻略，单反，我们就出发了！

在布拉格，最好的观光方式是步行。漫步在布拉格老城区，时光仿佛倒转至中世纪！罗马式、哥特式、巴洛克、洛可可、文艺复兴、新古典主义、超现实主义……各式的建筑风格都聚集在这个小城。

偶遇几只白色的孔雀，欣喜地拿出相机拍照。没想到它突然开屏了！白孔雀在镜框里，抬头挺胸，自信高傲，并不惧怕人。

走几步，就到了手工制品的小店。各式的手工艺品堆满货架。而我最喜欢的是，布拉格木偶。盯着一个木偶出了神，她头戴花环，有着及膝栗色的卷发，草绿色的纱裙，还有褐色明亮的眼睛，像是从森林里走出来的精灵。

我爱手工制品，爱这一针一线，纹理间、神情间，用心的制作。

布拉格的波西米亚水晶，也是我心爱之物。水晶杯子、水晶花瓶、水晶烛台、水晶球……让我们目不暇接，爱不释手。眼神环游间，我看中了一个水晶球。一个跳跃的小海豚，正对着我笑。但因水晶球重且不易携带，我并没有买。但遗憾却至今留在心间。

我应该不会再去布拉格，说不定那个水晶球也早被买走了。

旅行很少回头，错过的东西，错过的风景，错过的人，一旦离开，很可能就成了永别。

KEEP CLAM AND CARRY ON

131

有生之年,欣喜相逢

我喜欢有河流过的城市。比如布达佩斯、伦敦。我喜欢河流上悬挂的桥,拱桥、拉索桥、石板桥……我还喜欢在桥上看风景,然后被定格在游人相机里。

布拉格有一座古老的查理大桥。我们在不经意间,遇见了它。

查理大桥和圣维塔大教堂都出自建筑师彼得·巴勒之手。论起历史,查理大桥可是东欧地区最古老最长的桥。桥体,由16个桥墩固定。桥上有30尊圣者的雕像,其中最著名的就是圣约翰的雕像。传说,他是查理大桥的守护神。圣约翰目视前方,表情严肃。查理大桥在他日日夜夜地守护下,威严屹立了6个多世纪。

查理大桥,是我们在布拉格夜夜徜徉之地。夜色温柔下的大桥,是街头表演家的舞台。捷克风俗文化在他们的演奏中,变得真实可感。一天傍晚,查理大桥上响起了大提琴的幽鸣。远远看

/My heart will go on……/

见三位捷克大叔,专注地拉着大提琴,手上的琴弦带着音符跳跃。围观的人越来越多,可他们并没有在意身边发生的一切。

一曲终了,大桥上响起了热烈的掌声。他们礼貌地站起身来,微笑着鞠躬向大家表示感谢。继而又开始下一曲,My heart will go on 前奏出来,我整个人都怔住了。

趴在不远的桥栏上,我和喜悦静静地听着,也不说话。我想起了爱情来过的日子,怀念起青葱岁月,曾经拥有。抬头看到喜悦,她闭起双眼,似是放空。

我问,你怎么啦?

她悠悠地答道:我醉了……

想起小王子说,当一个人感觉到悲伤的时候,就会喜欢看日落……那一天，他看了44次日落。

我也爱看日落，尤其爱旅行中的日落。旅途的漂泊之感，在夕阳西下时尤为浓郁。那是一个人的孤独、寂寥。

那一次，来到布拉格城堡区，我又看了一次日落。

城堡区，位于伏尔塔河的左岸。9世纪时，是捷克王室的居住地，现在是总统办公区。此次，我和喜悦要看的日落，在城堡山上。我们沿山路而上。脚下的青石板路，一层一层地延伸，环绕着整座山。我们一层层台阶，踏过玩具博物馆、黑塔、黄金巷、圣伊日教堂，最后到达山顶——圣维塔大教堂。

圣维塔大教堂，作为布拉格地标式的建筑，距今已有1000多年的历史。其灰黑色哥特式的建筑风格，冷酷，森严。教堂的金色大门前，有12星座的雕塑，分别对应12个小故事。天蝎座的我和天秤座的喜悦，在自己的专属星座前，合影留念。虽说圣维塔大教堂,远不及德国的科隆教堂宏伟,更不如巴黎圣母院浪漫。我却还是留恋着它的样子,或许是因为这里的夕阳。

从教堂出来,转身就遇见了日落。

夕阳的余晖洒向整座城,红砖红瓦参差不齐。"金色之城"的美誉,应景而生。余晖,渗透出布拉格历史的沧桑和落寞。游客们也被卷进了这一抹夕阳里,霞光洒在我们每个人的眉头,心头。大家都很安静,似在享受这份落日的静谧,也似沉浸在自己的悲欢离合里。沉默是我们此刻的默契。

恰到好处的傍晚,夕阳正好,微风正好,旅伴正好。现在,我和喜悦在不同的城市努力,我偶尔也会想想她,想想她给我的陪伴和温存,想想我们一起的旅行时光。我们还会彼此陪伴着,度过漫长的岁月吧。

感谢,有生之年的欣喜相逢。

生命不能承受之轻

捷克的文学巨匠,米兰·昆德拉是不能不提的。

说起布拉格,多数人最先想到的,就是米兰·昆德拉的《生命不能承受之轻》。还有那句最经典的话语:生命对我是那么沉重,对你却是那么轻。

米兰·昆德拉关于"轻"与"重"的理念,贯穿着小说的始终。"轻"与"重",是对生命的一种权衡,对于爱情的一种妥协。

在爱里,我们不断地调整彼此的重量,在一次次抉择中,看清爱情、读懂生命的意义。我也终于明白,爱情,它不是生命不能承受之重,而只是生命之轻而已。

另一位文学巨匠,是卡夫卡。卡夫卡仿佛是难懂和晦涩的代名词。连母语为德语的读者也觉得困难。不过,他作品中独到的认识,深刻的批判,入木三分的描写,都值得我们考究。他文笔明净,想象奇诡,用简单的象征讲述着人生的哲理;他文思矛盾、尖锐,刺激着我们的大脑一遍又一遍地运作,思考自我、思考人生、思考整个社会和政治体制。

卡夫卡写道:"心脏是一座有两间卧室的房子,一间住着痛苦,另一间住着欢乐,人不能笑得太响。否则笑声会吵醒隔壁房间的痛苦。"

痛苦和快乐都是暂时的,我们应淡然地看待人生的悲欢离合,让苦与乐成为一对好邻居让他们在我们的心里共患难、共存、共生。

卡夫卡屋外的壁画是单色的。明暗深浅的线条,勾勒出卡夫卡,伏在案前写作,眉头深锁的姿态。

世界不会多一个卡夫卡,但倘若少了一个,我们的精神世界会不会少了几分情绪。个人式的、忧郁的、孤独的。

布拉格广场

"我就站在布拉格黄昏的广场,在许愿池投下了希望,那群白鸽背对着夕阳,那画面太美我不敢看。布拉格的广场无人的走廊,我一个人跳着舞旋转,不远地方你远远吟唱,没有我你真的不习惯。"

这首《布拉格广场》里唱的许愿池、有白鸽,还有夕阳,是我对布拉格广场的第一印象。曾一度认为,老城区广场,就是歌里唱的布拉格广场。但老城区广场是没有许愿池的,白天鹅和夕阳倒是有。

后来才知道,真正的布拉格广场,位于新城区一个狭长的街道里。去到那儿,我有些失落,这画面"太美"了,我不敢看。广场很小还有些破旧,有零零散散的行人,几只白鸽,一个圆形许愿池,没有水,没有活力。我和喜悦调侃道:原来歌曲里都是骗人的。

布拉格最美的广场,还是老城广场。

站在老城广场的中央,四周延伸着露天咖啡、餐厅、酒店、旅馆、纪念品商店……

踏在广场的青石板上,正午的阳光晒着,我有些恍惚了。我仿佛回到了中世纪,我看到人们身着中世纪的服装在街上走着;各种老字号,贩卖着琳琅满目满目的商品;餐厅的厨师们,三三两两地围在一起抽烟;马车拉着某家的美丽的姑娘,发出嘚嘚的声音……

"喂!快走啦!"

喜悦一声呼喊把我拉回现实,她已经走出去好远了。

"哎,你等等我啊!"

追到喜悦,我们就来到了胡斯铜像前。这是一座大型青铜雕像,为了纪念15世纪宗教改革家胡斯而建造的。旁边的金榔头饭店,由白、粉、黄色三色搭配,俏皮可爱。

卡夫卡父亲经营的第一家商店就在此处。再往前走,就能看到大名鼎鼎的一分钟之屋。这是布拉格著名文学大师卡夫卡的住所。卡夫卡已不在了,幸运的是,他的精神恒存着。他思绪的火花,随岁月燃烧而愈发激烈,一遍遍叫醒沉睡在黑暗中的人们。

回去时,再次路过广场。发现了,很多彩色砖头。有人正在砖头上作画。上前询问,原来这是一个公益项目。画出的砖头,每块卖80克朗。卖出的钱将建造儿童福利院。参与到这个活动,你可以选择买走一块砖头,也可以留下一幅画。我和喜悦问周围人借来画笔,想要为这里的儿童,献出自己的一份心意。

举动虽小,爱人的心是暖的。

创意虽小，公益的心却是无限大的。

老城广场上，最受欢迎的是，旧市政厅墙上的天文钟。

天文钟构造相当复杂，分上下两部分，上半部分表示时间，大圈显示24个小时，蓝色为白天，红色为夜晚。下半部分为月历钟，外层的图案表示12个月份，内层的图案代表12个星座。天文钟内还暗藏着耶稣的12门徒。每到整点，天文钟上方的窗户将开启，耶稣的门徒，将在圣保罗的带领下一一现身。

天文钟背后还隐藏着一个残酷的故事。

传说，天文钟建成后，给整座城市带来了无限的荣耀。但当时的政府议员们唯恐工匠再建造出一块同样的时钟，夺去了城市的风光。他们就派人刺瞎了造钟匠的双眼。

我很震惊，很悲伤。这，太残忍了。可怜的造钟匠创造出了这块天文钟，可是蛇蝎的政议员却狠心地咬伤了他。真正痛的，不是造钟匠的肉体，而是他的心。一朝心寒，十年心痛，如何去弥补。希望，这只是个传说，不是真的。

凌晨12点，我们专门来到天文钟下，想要目睹耶稣及他的门徒们。凌晨的老城广场依旧繁忙，天文钟下聚集了很多游客。大家都在等12点。

天文钟敲打了12下，时间来到12点。我们屏息凝视，然而天文钟除了秒钟的滴答，纹丝不动。人群开始躁动，大家都悻悻而归。

期望越大，失望越大，果然是真的。等不到的风景，等不来的人，那就随它去吧。

KEEP CLAM AND CARRY ON

141

/等不到的风景，就随它去吧/

想回到过去

在布拉格的最后一天,我们决定去人骨教堂。

俗话说,在中国看庙,在欧洲看教堂。看过了那么多教堂,人骨教堂还是头一次听说。4万块人骨搭建成的教堂,真是匪夷所思。

我们还是选择乘火车出行。带着对人骨教堂的期待,上了路。

写过《金银岛》的英国小说家,罗伯特·路易斯·史蒂文森,曾说:"To travel hopefully is better than to arrive."(怀着希望去旅行比抵达目的地更令人愉快。)

资深驴友东田说:"火车不是交通工具,而是旅行的本身。"

这么说来,没有什么,比怀着希望、乘火车去旅行,更让人期待的了。而欧洲的火车旅行总是有趣的。火车走过的欧洲风光,不亚于BBC拍摄的自然风光纪录片。车厢内偶遇的场景,可能就如同《爱在黎明拂晓前》般的浪漫。美国青年在火车上遇见法国女学生，两人交谈甚欢。最后一同下车，游览城市并谈论着彼此的过去，谈论人生、谈论世界，谈论爱情、谈论生活。最终，两人坠入爱河，相约半年后再见。《爱在日落黄昏后》是他们后续的爱情故事，《爱在午夜降临时》是他们最终的婚姻生活。这是他们的"爱在三部曲"，也是他们的爱情三部曲，从相遇、相恋，到相伴一生。

若不是在火车上的邂逅，若不是多看了几眼，他们怎么会有后来的爱情？

实际上，我们邂逅的，不是爱情故事，而是回忆。

进了包厢，一位奶奶，就大方地跟我们打招呼。亚洲肤色，一身运动装，精神十足。

聊起来才知道，奶奶原来是中国人！在异乡遇到国人，不足为奇。毕竟中国人的脚步，已经踏遍了世界各地。但用中国话聊天时，亲切之感，还是涌上心头。

奶奶说："前几天，在布拉格街头，我好像看到你们了。是不是叽叽喳喳，边说笑、边拍照的那两个姑娘，穿着裙子，背着相机？"

我们连连点头。

交谈起来。奶奶说，她是哈尔滨人。年轻时，是一位建筑师。今年已有75岁了。

75岁？我和喜悦不禁瞪大了眼睛！奶奶这么大岁数了，还是这么硬朗。看起来比年轻人还有精神。我心生佩服。

奶奶年轻时，学的是俄语。60岁时，开始学英语。69岁，开始出国旅行。旅行至今，已有6年的光景。先后去了美洲、欧洲和亚洲。她告诉我们,她最喜欢俄罗斯的建筑,还夸赞埃及的金字塔最神秘,挪威的峡湾最广阔。

她说:"趁我还跑得动,先从远的地方开始玩。再等几年,跑不远了,就在国内玩。我从不花子女的钱。"

奶奶年轻时,参与设计了很多建筑,攒了很多钱。这样的忙碌,结束于老伴儿的突然离世。他们说好要一起旅

/想回到过去,试着抱你在怀里/

行，却始终没有找到时间兑现。这成了奶奶心中，无法挽回的遗憾。在那之后，她开始学习英语，开始筹划旅行。现在，一个人的旅行虽然寂寥，但奶奶说："我可是带着他来的。他一直在我的心里。"

很多事，还没做。说要一起做的人，却没了。这种遗憾，怎么承受得起。

一路上，我们都在倾听，很少插话。

这可是，她，一生，最重要的回忆啊。她微笑着读着这些回忆，悲伤的情绪，不禁蔓延心里。

那瞬间，我想我爸妈了。漂泊日子里，我对他们的问候很少。是我不好。

你永远也不知道，旅行中，会听见什么故事，产生什么样的情绪。也不知道，今天遇见的人，以后还会不会再见面。

临下车时候，奶奶说："你们，让我想起我年轻时候。青春果然是个好年纪！祝你们一路顺风哦！"

我总记着这位奶奶，总念着她的故事。

回国后，给奶奶打过电话。告诉她，我想把她的故事，写进书里。她说，当然好啊。奶奶已经开始了中国的行程，不会再出国了。希望奶奶一路平安顺利。将来等我的书，真的出版了，我一定要送一本给奶奶。

感谢这一路上的回忆。

如果我变成回忆

抵达库特纳霍拉小镇,气氛变得阴森起来。

火车站人很少。步行去人骨教堂,需要二十几分钟。这一路,所有房子都大门紧闭。

查阅其历史渊源,人骨教堂,建立于13世纪后期。最初是银矿的采矿基地。1278年,Sedlec修道院(人骨教堂前身)院长Henry受国王派遣,前往圣地耶路撒冷,带回了一掬耶稣受难地的泥土,撒在教堂前的墓地上。于是Sedlec修道院附近,就成为了远近闻名的墓葬好去处。

14世纪时,黑死病肆虐,墓地一时紧缺,许多地方不得不将原有的尸骨挖出,以便安葬刚过世的人。之后,捷克又遭遇胡斯战争,大量死亡使得尸骨无处安放,并存在疾病的隐患。直到奥地利贵族世家黑山家族(Schwarzenberg)买了这个地区,受雇于他们的木匠Frantisek Rint于是使用墓地的人骨,制作教堂

KEEP CLAM AND CARRY ON

147

/Jesus Hominum Salvator/

内的各种圣物，装饰教堂。据估计大约使用了4万具人骨。

教堂门口的墙上，用人骨拼成拉丁文字样"JHS"，代表Jesus Hominum Salvator（基督人类的救世主）。买了门票进去，目所能及处都是人骨，恐怖，阴冷。我看见，用肋骨和头骨串起来的吊灯、帷幔，和用腿骨或者臂骨，拼接起来的花坛、徽章。我不敢盯着头骨看。我是真的胆怯。进了人骨教堂，我就像进了鬼屋一般，内心一遍遍地告诉自己，这可是教堂。

神学家认为，天主教视死亡为神圣的事，死后将尸身献给上帝，象征无上的赞美，故"人骨装饰品"，不值得太惊讶。我不是太惊讶，我可能是太过惊讶了。在这个神圣的地方，我看见了死亡，还离死亡那么近。愿逝者安息。

虽人终有一死，但我还是想好好地活，活得久一点。

/ 相拥而舞 /

告别人骨教堂的恐怖,我和喜悦飞到了跳舞房,心情也舞动了起来。

Dancing house,建于1996年。灵感来源于美国踢踏舞明星弗兰克和琴吉,所以又名"弗兰克和琴吉的房子"。整个建筑造型奇特,就像是正在相拥而舞的两个人。

左边是琴吉。玻璃帷幔,上窄下宽,是她的裙摆。右边是搂着她的弗莱德。楼顶的半球形玻璃餐厅,是他的礼帽。在四层楼处陡然伸出的,整幢大楼中惟一的阳台,仿佛是弗莱德搂着琴吉的那只手。

静态和动态,结合得如此巧妙。单板的水泥建筑,栩栩如生。这独一无二的建筑,给布拉格增添了不少舞动的浪漫。

这座建筑,底层有一个咖啡厅。游客想要上到顶层,必须买一杯饮品。这生意做得还算合理。可以边喝,边参观。我和喜悦,自然不会错过饮品,和顶层的风光。顶层,是一间著名的法式餐厅——布拉格的珍珠。餐厅四面都是窗户,每个窗口的风景各不相同。

我和喜悦,一个一个地窗户看过去,看到了蓝天、白云,街道、人群,还有刚驶过的红色复古电车……

至此,我的布拉格之旅,宣告结束。布拉格,也变成了我的回忆。

我们经历了过去,却不知道将来。因为不知,生命益发显得神奇而美丽。

人这一生,也不过是一个又一个二十四小时的叠积,在这样宝贵的光阴里,我们必须明白自己的选择。如果选择了旅行,选择了远方,那就走出去,要一直在路上。

Glommy Sunday.

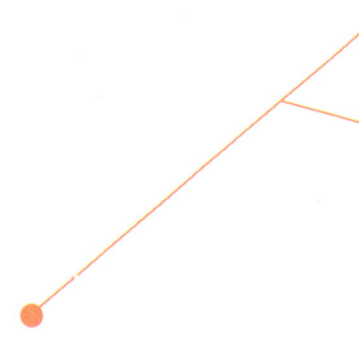

HUNGARY

匈牙利

\>\>Chapter 06

匈牙利：布达佩斯之恋

Keep clam and carry on

时光盗不走的旅行

你会因为一部电影,或者一本书而爱上一座城市么?

布达佩斯就是这样被我爱上的。几年前看《布达佩斯之恋》时,就对这座古老而神秘的城市充满幻想,并盼望着有朝一日可以踏上这片热土。

电影讲述的是在匈牙利首都布达佩斯的凄美爱情故事,上世纪的三十年代的布达佩斯,弥漫着恐惧与悲怆,贯穿电影始终的是那首旷世名曲 Glommy Sunday。有人说,让人抑郁自杀的不是那首《黑色星期天》,而是那个乌云密布的时代。二战背景下的爱情,总是带着些许凄凉、些许凌乱和无奈。

而这首歌是匈牙利作曲家赖热·谢赖什于 1933 年完成。有关这首曲子的传说更是千奇百怪,更有人说在多瑙河,许多人会手持《黑色星期天》的乐谱投河自尽。我在想那曲《蓝色多瑙河》,翻译为忧郁的多瑙河,更为合适吧。

/蓝色多瑙河/

  我倒是听过这首歌，歌曲旋律凄美悠扬，是有些令人悲恸，但怎么也不至于因为一只曲子结束生命。我那时就想，有一天我真的可以去布达佩斯的话，一定要站在多瑙河畔听一遍这首曲子。

  或许因为《布达佩斯之恋》又或许因为《黑色星期天》，整个城市都笼罩上一层神秘而狂热的色彩。我把这种神秘与狂热当作是匈牙利独特的气质。

  旅行、画画、音乐和电影是我多年的喜好。

  旅行让我用身心去感知这个世界；画画是我的本心，是我看世界的一种角度；音乐是我内心最柔软的部分；而电影则带我的心上路。当旅行能够结合画画、音乐和电影，它就变成了一种有趣的旅行方式。探索音乐的根源和电影的画面，也成了我旅行中最大的乐趣。

这段时间总有人问我：旅行的意义是什么？我也在思考到底是什么吸引我一次次地出发，旅行到底带给了我什么？

旅行的意义可能大于或等于生活的意义。

生活对谁都一样，你看到的可能是美好，也可能是黑暗。黑暗会被隐藏，美好也是。

你能看得清楚生活的样子吗？还是选择若无其事地接受？

受生活所迫，我的棱角也会被渐渐地磨去。我也会害怕时间的流逝，而无能为力。但我始终相信梦想的力量，那是生活磨不去的。

我的旅行，教会我如何去捍卫那份梦想，随眼界和心界打开而来，则是我对生活的追求。绝不仅限于一份稳定的工作或一个几万块钱的包包，而是实现心中的渴望。

我的旅行，锻炼我独立，在我看来，这是一个现代女孩子必须具备的品质。

我的旅行还教会我乐观，笑着面对困难、面对生活，传递内心的正能量，然后感染更多的人。爱笑的姑娘运气总不会差，我对此深信不疑。

在布拉格，我和喜悦因为接下来的行程产生了小分歧，她想去斯洛伐克和比利时首都布鲁塞尔先玩一圈，但是每个城市只待一两天。我想先去布达佩斯呆4天。我们决定各自先玩，然后再会和，一起去奥地利的维也纳。我不愿把行程安排得那么紧，想要慢下来去体会和融入布达佩斯——我魂牵梦绕之地。走马观花，毕竟不是我最喜欢的旅行之道啊。

欧洲旅行，我似乎挺有经验。可独自旅行还是第一次。马大哈的性格导致我在旅途中也会频频犯错，好在每次都有朋友一起上路，出现问题，大家一起面对，倒也不害怕。决定独自旅行前，我还在犹豫，担心东欧国家不是那么安全。但独自旅行也让我充满期待。

让我下定决心的，或许是这本《不去会死》。

我喜欢看游记类书籍，这本给我的印象最为深刻。作者是日本的石田裕辅，书里讲述的是他花了6年时间，骑行环游世界的经历。这本书不厚，6年的光景浓缩成一本薄薄的书，怎么够。他看到的美景，遇到的感人至深的故事，甚至遇到的危险，都是独一无二的。我没有勇气也没体力，选择独自骑行环游世界，光是从土耳其的一个村落骑到另一个村落，就差点要了我的小命。但想到石田裕辅的勇气，我毫不犹豫地买了去布达佩斯的机票。

分别的时候，我们不断嘱咐对方，安全第一，安全第一！

切记：旅行，安全永远是第一位的！

布达佩斯，我来了，你准备好迎接我了吗？

一个人的好天气

到达布达佩斯，已是晚上7点多。

或许是因为东欧国家的英语普及程度不高，我和一位大巴车司机沟通了半天，却不知该在哪一站下车。不安的情绪渐渐蔓延。末了，司机说：这是最后一班车了。天色渐黑，我只得硬着头皮上了车。走一步看一步吧。

这世间，总有一些风景，是预料不到的。

大巴缓缓驶出了车站。我开始慌乱地翻看地图。一个50来岁的大叔拍拍我说："不用急，你酒店在哪里？"我把酒店信息拿给他看，他不仅告诉我如何换乘，还和我聊了一路李斯特和裴多菲。他说在多瑙河边屹立着诗人裴多菲的雕像，匈牙利好像李斯特手指下跃动的旋律，是匈牙利造就了李斯特和裴多菲，也是他们造就了匈牙利。我对他说的这些并不了解，可是从他的神情里，我看到了一个民族的自豪感。

我告诉他，我第一次看到布达佩斯，是在一部叫 Gloomy Sunday 的电影中。也是因为那部电影，我来到了这里。大叔很吃惊，说回去一定也要找来看看。

半小时后，大叔告诉我该下了车，然后要换乘地铁。漆黑的夜色下，除了空荡荡的地铁站，什么也没有。恐惧占据了我的内心，但我还是硬着头皮跟他下了车了。赌一把吧！

我跟着大叔进了地铁站，虽然只有零星几个人，也足以宽慰我紧张的内心。他给我买了地铁票，并且坚持不收我的钱。他怕我听不懂匈牙利语而错过站，又送了我一程，直到把我送上最后一趟地铁。这一路，总有那么多素不相识的人，不在乎我的戒心与防备，无条件地帮助我、给我温暖。

离别前，我对大叔说："真的不知道该如何感谢你。"

大叔说："不用，我们这里的人都是这样的。我也很想去中国旅行。我相信，有一天我去中国的时候，也会有人帮助我。"

会的。一定。

晚上 9 点多，到达酒店。放下行李，拿着相机，我就跑出来了。想看一看布达佩斯夜晚。夜晚总是撩人的，也最能看出一个城市的性格。

说起地理历史，布达佩斯是座有趣的城市。整座城市被多瑙河隔开，左岸是古老而又浪漫的布达，右岸则是现代气息的佩斯。1873 年，两座城市才合并成一座城市取名：布达佩斯。我居住的酒店位于不达的城堡山脚下，出门步行十几分钟就可以到多瑙河。

傍晚步行来到，多瑙河畔。黄色的 Tram 不断隆隆地开过。街道上饭店和酒吧，都还在营业。可以看到三三两两的人，站在酒吧门口，举着酒杯交谈。一对情侣坐在河边的长椅上拥吻，链子桥在夜晚的灯光照射下，更添妩媚。现在的感觉是奇妙的，一个人，在一个完全陌生的国度。每一分钟都是未知的。

MP3 里传出 Sophie Zelmani 的歌，她声音空灵优美倒是很应景。我继续漫无目的地沿着多瑙河散着步。有些闷热和潮湿，两鬓渗出汗。我拿出相机拍下了在布达佩斯的第一张照片。夜景灯光下的链子桥，真是魅力四射。相机里的光影不足以抓住它全部的美，此时肉眼感受到的才最为真实和震撼。

链子桥，是第一座真正意义上连接布达与佩斯两城的历史性建筑。毫无争议，它也是九座横跨多瑙河的桥中，最具有艺术价值的一座。链子桥是在二战后，重新修建的。它没有布拉格查理大桥的古老，但是多了一股子沉稳大气。桥头桥尾，有 4 座石狮子。这个独具匠心的设计，表达出布达佩斯人们的心愿：紧紧相握的狮爪，象征着两岸人们之间的感情；雄气昂扬的狮子，用坚定的目光守护着每天来往的人们。

继续走着，到一处民居，居然看到了露天影院。很多人围坐在地上看电影。露天电影，印象中，只有小时候才见过，没想到布达佩斯竟然保留了这份传统。欣喜之余，我也坐了下来，入乡随俗地陪匈牙利人看了场电影。

回到酒店，已是凌晨 12 点。

一个人的夜晚，一个人的走走停停，一个人的风景。

KEEP CLAM AND CARRY ON

159

/边走边停的青春，就像我们/

无关风月，只为真心

登城堡山，一般是乘坐小缆车。景点都在山上。

我很幸运，下了缆车，就赶上总统府的换岗仪式。身着土黄色军装的大兵，手托刺刀，脚蹬长靴，十分神气！他们动作潇洒连贯，电影感十足，游客们纷纷鼓起掌来！

城堡山上，有一家邮局，非常有名。从那里寄出的明信片，会有好看的邮戳和邮票。我有个习惯，每去一个城市，都会寄一张明信片，给朋友或给自己。时间充裕的话，会手绘一张。后来，发现大家都喜欢我的手绘明信片，内心十分地欢喜。用心画的东西，被朋友们喜欢，觉得幸福且满足。

马加什大教堂，是城堡山上另一个景点。有很多中国旅行团，人潮涌动。一些阿姨叫住我，然后问："你一个人旅游吗？"我说："是啊。"阿姨瞪大眼睛说："小姑娘真厉害，要注意安全啊！"阿姨们热情，倒也暖心。

马加什教堂的哥特式风格,融入土耳其元素和浪漫主义色彩。教堂依旧是游客满堂,找了安静处坐下,随手拍了些风景,就掏出手帐,开始写写画画。每去一个地方,我都会写游记,写下当时的所见、所闻、所感。有时在咖啡店里,有时在火车上,还有时在路边的木椅上……

纵使我有超能力,也很难回忆起所有的细节。随笔和涂鸦是非常必要的。旅行结束后,我还会继续丰富。似在书写回忆。

我很喜欢这样,这就像是旅行的延续,会感觉自己一直在路上。

想想那几天,我一得空,就会去塞切尼温泉浴场,泡温泉。

第一次,进浴场泡温泉,多少有些害羞。那里的亚洲人也不多,我有点难为情,但还是很快融入了气氛。

塞切尼温泉浴场,建筑本身就极具艺术价值,始建于1913年。宫殿般的建筑群内,有若干浴场。有时会看到老爷爷们,站在热气腾腾的温泉池里下着象棋!还有人在看书、喝咖啡。当地人告诉我,这里是匈牙利人很重要的社交场所,谈工作约在这里,事就好办些。我不禁大笑起来,这和我们国家的饭桌文化,倒是异曲同工啊!

布达佩斯是名符其实的"温泉之都"。

有人说,来布达佩斯不泡温泉,就等于没来过。布达佩斯随便挖下去,地上就会冒出温泉来。真有趣,这就好像我的故乡西安,随便挖下去,就会挖出古董。我的家乡也有句老话:西安遍地是黄金。兵马俑,就是这么被农民伯伯们挖出来的。

匈牙利人的生活,除了温泉浴场,还有咖啡店。

咖啡馆隐藏在布达佩斯的大街小巷。没有布拉格咖啡店的华丽，却充斥着怀旧气息。每个咖啡店，都隐藏着一个城市文静的模样。匈牙利的咖啡店，是情真意切的。

漫步在有匈牙利的"香榭丽舍"美称的安德拉西大街。推开一间独立咖啡店的门，门口的铃铛发出清脆的叮铃铃的声响，浓厚的咖啡香气扑鼻而来。里面吧台一位中年男子正在专注地磨咖啡，看到我进来，他抬起头说了句"Welcome"，就又低下头继续专注地工作。小店装修雅致，透着怀旧，一看就是有年头的。我环顾了周围，年轻的情侣旁若无人地拥吻，白发苍苍的老人慵懒地看着报纸，窗边的一对老夫妇满怀爱意地低声细语。这一切，都洋溢在窗户洒进来的阳光里，镶上了金边，烫上了温暖。

我对咖啡和甜点，一直都抱着狂热的态度。不管在哪，看到不错的咖啡馆，一定会进去歇歇脚。喝杯咖啡，吃些甜点，和店员们聊聊天，掏出手账写写画画。

整个欧洲都充斥着浓厚的文化气息，而咖啡厅做的就是文化。

和咖啡店老板聊天，我发现绝大多数的店都是老字号了。几代人，用心经营着一间小小的咖啡店，即使生意很好，也没有想着扩张。

想到以前看过的一篇文章《够了，更多并不代表幸福》。作者去欧洲的一个小城市旅行，带着爷爷的重托，替爷爷寻访他当年最爱的一间咖啡店。没想到还真的找到了！距离爷爷当年去，已经有整整50年了。作者兴奋地拿出爷爷当年在这家咖啡店拍的一张照片。吧台里那一位银发苍苍的老太太，看到照片，激动地流下眼泪，说照片里的年轻女子正是她。半个世纪的咖啡馆，不仅地址没变,连店员都没有换过。作者问老太太,这种百年老字号为何不开分店呢?她回答:"如果那样,我的咖啡,还能让你爷爷在中国念念不忘吗?"

其实,不只是咖啡店,欧洲的每个独立小店,都在做同样的事情。够了,在欧洲人的观念里并不代表幸福,用心用情,才会迎来幸福的生活。几代人,经营着一间小店,保留自己的特色,坚持自己的感情,不是为了开店而开店,而是因为一份执著或一段青梅往事。

我自流浪，心自远方

/马加什大教堂/

KEEP CLAM AND CARRY ON

165

/ 安德拉西大街 /

/ 独立咖啡店 /

/ 城堡山 · 邮局 /

不要和陌生人说话

第四天傍晚,回到布达佩斯火车站,买了下站去维也纳的车票。

布达佩斯火车站,有种古老的味道,火车站周围鱼龙混杂。买完票,吃完晚饭,天已经基本黑了。

火车站离景区较远,周围还在施工,亚洲散客很少,很没有安全感。赶忙往地铁站的方向走,却有些分不清方向,误入一条无人小路。心里犯着嘀咕,加快向前走着,希望能早点找到出口。

这时候,一个穿着怪异的男人,从我身边快速经过,并故意撞了我一下,吓了我一大跳。他随后走过了我,我想,他应该只是想吓我一下。

他不时回头看我,鬼鬼祟祟的。印象中,地铁站应该就在前面路口的左边,我硬着头皮快步走。那名男子,突然蹲下来系鞋带,我继续往前走。走到他跟前时,他突然站起来用英语问我几点了,我伸出右手给他看手表。没想到他突然一把抱住我,并在我身疯狂上摸索。

那瞬间我脑子一片空白,使出吃奶的劲儿开始嘶喊,一边喊一边往前跑。可是周围还是一片死寂,没有别的人。这下可完蛋了,我有点万念俱灰了。我虽死命地挣扎,但也抵不过一个欧洲男人。他突然开始抢我的背包,想到护照和现金,全在背包里,要是丢了,我连英国都回不去了。我死命地抱着背包,他拖着我。我们持续拉扯了几分钟,那男人把我推倒在地上,对我嚷着:"Shut up!"然后就跑开了。我开始拼命地跑,生怕他又跟过来。跑出那条小街,看到些许灯光和行人才停下来,但心中的惊恐依旧没有平息。

恍惚地走了好长一段路,才发现,我掉了一只鞋。走了那么久,我竟毫无察觉。

在不熟悉的地方,多少会遇到了些麻烦。没有人身和财产损失,真是万幸!回到酒店,躺在床上,我还是心有余悸,万一刚才真出了事,该怎么办,父母该怎么办。当时他要什么给他什么就好了,万一真的出了事……

我不敢再想下去了,内心默念无数遍阿弥陀佛。惊魂未定,只能用睡觉麻木自己。望未来一切安好。

一个人的旅行,虽是勇敢,但也是危险重重。切记,安全第一。

陪你到世界的终结

按照计划,第五天该和喜悦汇合了。

在相约的地点见面,我们激动地拥抱在一起,叽叽喳喳地开始讲这几天的见闻。

原来喜悦在比利时火车站也遇到了点危险:一个怪异大叔跟了她很久,还边走边跟她讲完全听不懂的话;上地铁时又被几个大妈围住,堵成一道围墙根本出不去,硬推开她们钻进地铁,却发现背包外侧的一些现金,不翼而飞了。

我们都说,幸好!我们人都没事!

想起高中时候,很爱看杂志。日本杂志里,经常会有两个女生一起旅行的照片和故事。她们穿着长裙,画着淡妆,带着草帽,拿着复古照相机。我很是羡慕。现在很多地方,我都是和女朋友一起去的,也算是实现了当初的愿望。

回到酒店,稍加整顿,我们又重新上路。穿上裙子、带上防晒霜、墨镜、相机和好心情,美美地出发吧!

我们的第一程,叫寻找 1986。

为什么说是寻找 1986 呢?因为我发现布达佩斯很多建筑,都是在 1896 年竣工的。翻阅资料才知道,历史上 1896 年,被认为是匈牙利的建国年。为了庆祝建国 1000 周年,匈牙利人民在首都布达佩斯大兴土木,修葺了很多建筑。这些建筑后来都成了著名的旅游景点。

寻找 1986 的第一站就是英雄广场。我们选择乘坐当地的双层旅行巴士。这种巴士每个旅游城市几乎都有,覆盖当地的主要观光景点。我和喜悦坐在巴士的顶层,吹着小风欣赏着道路两边古老的建筑。突然看到英雄广场,就在路的尽头。

/ 寻找 1986 · 英雄广场 /

去过欧洲的朋友，会发现，这边的广场并不是我们想象中的样子，并不壮阔。大多广场只是一小块空地。不过，这倒不妨碍我们游览的兴致。英雄广场中央，36米高的纪念柱上有一位加百利天使。天使手捧伊斯特万国王加冕时的王冠。广场周围的柱廊立有14座雕塑，分别是历代匈牙利国王和政治界的重要人物。一时兴起，我和喜悦在英雄广场拍了一张起飞的照片，当作是对这里的留念。

　　第二站是"红辣椒"的餐厅。这是一家非常有特色的匈牙利餐厅。店面门头并不起眼，以至于我们错过了好几次。可是进入餐厅，却眼前一亮。仿佛置身于童话里小精灵住的古木屋子。小店装修非常别致，全部是木头桌椅，餐桌上红色蜡烛的火苗正旺，蜡油已经堆积了好几层。

　　服务生先端上来一份烘烤的面包，我们抹上点黄油，再配上餐前小菜和餐前酒，这就是开胃菜了。老板是个40岁出头的匈牙利男人，西装笔挺、语言得体。他彬彬有礼地为我们介绍菜谱。这家店还真像推荐上所说的那样,饭量很大。两个女孩吃一份主食绰绰有余。最后没有吃完的,老板主动给我们打包,还送了我们两个冰淇淋球呢!

在英国呆久了,来到欧洲,却会因为多送的两个冰淇淋,开心很久。想起在《美食、祈祷和恋爱》这本书中,作者在意大利、印度、印尼三个不同国度之间寻找自己——到意大利品尝美食,尽享感官的满足,在世上最好的比萨与美酒的陪伴下,灵魂就此再生;在印度,与瑜伽士的接触,洗涤了她凌乱的身心;在巴厘岛上,她寻得了身心的平衡,遇见了自己也遇见了爱情。在这一整年追寻快乐与虔诚的平衡中,她终于发现:拯救她的人,并非王子,而是她自己。

我何尝不是在一次次旅行中寻找自己、发现自己。在不经意间,我总能遇见了那个更好的自己。于是我一次次地上路,祈祷能与那个更好的自己相遇,我一次次地打开心门,是想让她在那里住上一辈子。

我自流浪，心自远方
—
172

/ 红辣椒 /

从前的日色变得慢，一生只够爱一个人。

TURKEY

土耳其

\>\>Chapter 07

土 耳 其 : 埋 葬 记 忆

Keep clam and carry on

消失的旧时光

"走过了很多地方,我来到伊斯坦堡,就像是童话故事,有教堂有城堡,每天忙碌地寻找,到底什么我想要,却发现迷了路怎么找也找不着……"

周杰伦用略慵懒的声音唱着《伊斯坦堡》,听到这里,我思绪蔓延,埋葬的土耳其的记忆,开始游走、奔跑。

领略过欧洲的文艺和浪漫,我想看看不一样的风景,更准确地说,想看看异域风情。横跨欧亚大陆,站在欧亚文明十字路口的土耳其,无疑是异域最好的选择。

2013年中旬,正值出发之际,土耳其的伊斯坦博尔开始爆发大规模的反政府游行示威。我和朋友担心此行的安全性。为了实现安全和游玩的统一,需要做充分的准备。有人,去旅行,不顾自身安全,甚至置身险境。我觉得这是不负责任的表现。看过了大量的报道,咨询了一些才从那里回来的朋友之后,我们才订下去土耳其的机票。

有朋友问我,一个女孩子到处跑,不危险吗?嗯,反正不是绝对安全的。

旅途中会遇到很多突发状况,甚至遇到危险。可要是因为这些未知的危险,就踌躇了脚步,那么你就主动放弃了,欣赏沿途风景和听故事的机会。处理意料,很锻炼一个人的应变能力。旅行也是一场风险投资,看你愿不愿意为了山那边的风景,而放弃安逸的象牙塔了,选择在你自己。

我怀着复杂的心情,准备这次毕业旅行。我知道旅行结束,也就意味着我留学生涯的结束。我以后还会行走世界,可难有现在的自由和时间。但这不是终点,相反这是我新的起点。让旅行融入人生的下一个阶段,让旅行延续。

同行的伙伴叫阿莱,我们是初中同学。早就认识,算是发小了。我们共同在英国留学,可这两年因为各自忙没有见过面。倒是这次毕业旅行,让我们凑到了一起。土耳其没有让我们失望,曾经在时间的河流中辉煌的奥斯曼帝国,总是充满了奇遇和冒险。

安全、热情、神秘、异域、古老,是我给这个国家的标签。

要说土耳其特别在哪里?我想是这里的民风,相比高冷的欧洲,土耳其则尤为亲切。

奥尔罕·帕慕克在他的《伊斯坦布尔:一座城市的记忆》里提到:"外人看一座城市的时候,感兴趣的是异国情调或美景。而对当地人来说,其联系始终掺杂着回忆。"土耳其人民对他们的文化,即回忆里发生了的东西,尤为痴迷。

我想试着去寻访,这回忆,这旧旧的时光。

愿岁月安好

伊斯坦布尔，是一座巨型博物馆，是海纳历史的百川，是包罗万象文化的大熔炉。

当历史的辉煌逐渐退去，这座城市洗尽铅华，却仍有余温。相比于其它城市的干净和优雅，这座城市的落寞和凌乱更能敲打我的心窗。

那斑驳的街道，爬满蔷薇的墙壁，古老神秘的清真寺，甚至残破的公共设施，都让人觉得有些不真实，好似穿越。

漫步在伊斯坦布尔老城区的穷街陋巷，立刻融化在当地人的笑容里。只要我们停下来看地图，就会有人前来问需不要帮助，时不时会有小店主热情地拉我们进去聊天。不买东西也无所谓，他们还会给你倒一杯苹果茶。

我们住在老城区的一所民宿里，老板热情地招待我们，详尽地给我们讲述如何在这儿玩得地道，他还指着墙上挂的那块

Lonely Planet①的推荐牌,骄傲地说,他们这里去年被评为最佳旅店。

从民宿出来,是晚上。小巷的尽头挂着一面新月,路灯散发出暧昧不清的光晕。远处有两个小孩在玩耍,等我们慢慢走近,他们对着我们笑。有个小男孩动了动嘴巴,好似在跟我说话。我蹲下身来,试图用英语跟他交流。可惜我们的语言完全不通,只能互相比划着,然后一个劲儿地傻笑。

夜晚的伊斯坦布尔,退去了白天的喧嚣,显得分外宁静。不说话的时候,可以听到自己哒哒的脚步声。我们走到有点偏僻的小道

① Lonely Planet 是世界最大的私人旅行指南出版商,其旅行指南也称为《孤独星球》系列。
——编者注

/ 卷尾 · 暧昧不清的光晕 /

〉伊斯坦布尔·清真寺〈

上，那小巷充满了王家卫电影黑黢黢的色彩。远处有猫咪弓着腰盯着我们，可不等我们走近，它就敏捷地跑开了。

就在此刻，远处的清真寺传来颂歌。唱出的古兰经，美得不像话。我不由地站在了原地，聆听着飘扬至此的经文。难怪古兰经是世界上最美的语言，那可是信徒们，从心发出的声音。

3000余座的清真寺，散布在土耳其的各个角落。蓝色清真寺是最漂亮的。于是周传雄在歌里唱：还贪恋着你的风情，诱惑着你的神秘，埋葬了我爱情的忧郁蓝色土耳其。

进清真寺前，工作人员，用蓝色的亚麻布把我包裹了起来。黑色头发藏在了蓝蓝的头巾里。我脱下鞋子，赤脚踩在地毯上，双手合十，开始潜心地祈祷。这仪式让我，多了几分异域风情。入乡随俗是最基本的一种礼仪，你尊重这个城市，便会得到这座城市的尊重。

环顾四周，整个墙壁，铺满白底蓝釉铁磁，花纹细致而丰富。清真寺都是圆顶的建筑，蓝色清真寺以 30 多环圆顶环环相扣，在中央圆顶聚拢。巨大的天穹，看上去庞大而优雅。四根石柱，稳健地支撑着整座建筑。柱子上用阿拉伯文雕刻着《古兰经》。到处都是祈祷的信徒们，他们眼神坚定，口中默念着《古兰经》。这是他们用灵魂在赞颂真主阿拉。信仰是这里的生活，关乎一生。

清真寺的巨型吊灯，格外引人注目。大小不依的几个铁环，构成灯架，环环相扣。吊灯上的小灯泡，散发出暖色的光，从巨大的穹顶一泻而下。无数道光束，交相遇织，撒在绚丽的土耳其地摊上。

我不是伊斯兰教徒，也不了解伊斯兰的宗教文化。此刻，我只想静下心来，感受这份虔诚的洗礼，以此获得内心的平静与安宁。

愿岁月安好，时光静美。

/ 光，一泻而下 /

一生只够爱一个人

纯真博物馆,因小说而建造。独一无二,是关于爱情。

《纯真博物馆》,是土耳其诺贝尔文学得主——奥尔罕·帕穆克主写的一个爱情故事。男主人公凯莫尔,痴情于他的一个穷亲戚芙颂。可是在土耳其现实社会里,爱情是存在着强烈的阶级的。他们最终,自然也没有修成正果。但小说的重点,落在"纯真"二字上。爱情是无关阶级、门第和社会舆论的。真正纯真的感情,只在于爱本身。

就如同书中所说的那样:"凯末尔收集关于芙颂的一切,甚至芙颂触碰过的东西,盐瓶、摆设、钢笔、首饰、香水、还有4213根烟头,凯莫尔把这些都放进了纯真博物馆里,连同他的爱情一起珍藏。"

爱情对每个人都是平等的,可是要定义什么才是爱?我并不知道。

是山川、江河，是奔驰的列车，是漫天的银河，是茫茫60亿人海中相遇的缘分，还是毫无理由的收集关于爱人的一切并建造一座博物馆珍藏这一份永恒。

我爱过，也读过很多爱情故事，看过了很多爱情分分合合。可我还不能说，我会爱。

马尔克斯在《百年孤独》里写道："Nothing in this world was more difficult than love."

的确如此，世界上没有比爱更难的事情了。

在时光里，爱也会损耗，没有什么能逃得过时间的手。想起三毛在《岁月》里写道："岁月极美，在于它的必然流逝。春花、秋月、夏日、冬雪。"岁月的流失固然是无可奈何，而人的逐渐蜕变，却又脱不出时光的力量。

在小镇上闲逛，路过了一家手工地毯店。店主正坐藤椅上和朋友喝茶聊天。看到我们，就热情地邀请我们进店参观。起初，我还怕他喋喋不休地让我们买地毯。后来发现我的顾虑都是多余的。我们的聊天远比卖地毯有趣得多。

小店老板骄傲地为我们展示他们店里的地毯，大小都有，精美绝伦。还为我们拿来小点心，一杯杯地续苹果茶。我们实在不好意思，想留下些钱，可是老板死活不要。在我们的坚持下，老板让我们把钱给了店里的一个小工，说他挣得很少，没有钱。

老板说，路过客人了，他们都乐意喊过来天南地北地聊天，无关生意，似乎这才是他们生活的正经事儿。

与其说这是一家手工地毯作坊，倒不如说是一个小型土耳其地毯博物馆。店主给我们展示了如何从蚕蛹里提取上等的蚕丝，随后又带我们去看一个土耳其女人现场编制一幅未完成的巨型地毯。那个女人看到我们非常高兴，拉过我坐在她旁边，教我编制，还让我亲自尝试。最后她随手编了一条手链，系在了我手上。

旅途中，我经常会收到一些陌生人的礼物：在圣托里尼酒店，一个印度员工送了我一瓶红酒；在布达佩斯，一个卖饮料的大叔送我一张教堂门票；在这里，收获一条手链。

这是陌生人对我的友好和祝福，我把它们视为最珍贵的礼物，我相信，这些都会带给我好运。慢慢地，我也会准备一些小礼物，随身带着：中国茶叶，手绘明信片还有一些小挂件。虽然都是些小玩意儿，但礼轻情意重。

土耳其的每个小镇，都有坐在古老木质机器前的女人，她们正在编制地毯。老板告诉我们一块土耳其地毯因材料、花纹、大小的不同，编织时间差异也很大。一块上等的土耳其地毯，可能要花上几年才可以完成，价格自然也不菲。

这流传千年的传统制作工艺，能够得以完整保留，并且发扬光大，全要靠这些女匠人们。她们日日夜夜坐在这里编织。看着

/ 土耳其·手工地毯店 /

她们沉稳而坚定的背影,仿佛看到她们生活:从青春美丽的女孩儿,在这里一直坐成了满头华发的老太太。她们编织出的地毯,是一幅幅精美绝伦的艺术品。她们的美丽,是无需华服和珠宝来装饰的;她们的执著,让她们随岁月的流逝而愈散发出深沉的美。这种美,是时间夺不去的。

土耳其正是因为有这些女匠人的奉献,才能成为一个始终带着深厚文化气质的国度。有多少人,可以一生只专注地做一件事,这不正是现在这个浮躁的社会所欠缺的吗?

"从前的日色变得慢,车、马、邮件都慢,一生只够爱一个人。"

从前的时光一去不复返,但慢而精致的生活追求,应牢记心里。

你就是我心中的棉花糖

棉花堡，就如同它童话般的名字一样，宛如仙境，充满奇幻。

每次乘坐飞机，我都幻想可以跳进云层中打滚，而这不就是现实版的空中乐园吗。从远处看，整个棉花堡就像是镶嵌在半山腰的云朵，层层叠叠。

棉花堡依山而落，泉水从山顶流下来，将山坡冲刷成一层一层的梯田状。整个山坡都被泉水中沉淀下来的矿物质染成了雪白色。这和我国著名的九寨沟有异曲同工之处，只是九寨沟是彩色的，而棉花堡是雪白的。

我们迫不及待地跑上去，脱下鞋子系在背包上。用力踩下去，却立刻被生硬的触感弹了回来。尖叫了一声，原来不是想象中棉花般的光滑，相反还有点举步艰难。

阿莱笑我说，这怎么可能是软的。这里的地理构造，是石灰岩体流出的富含碳酸钙的温泉，经过千百年的积累和沉淀而形成，踩在坑坑洼洼的石灰岩上自然会痛。

　　一路上，我和阿莱，踏着深深浅浅的蓄水平台依山而上。亲临棉花堡，看到的是完全不同的景色。那一个个观音莲花般的玉阶，铺满整个山坡。潺潺流水顺山而下，蓄水的莲花宝座都含着汪汪泉水。在光合作用下，泛起淡淡

/ 棉花堡 /

的蓝色。我仿佛置身于冰雪奇缘中,而脚下又是温暖的泉水,这种感觉非常奇妙。

登到山顶,眺望远方的黄土地,它镶嵌着一大一小的两个翡翠色的湖池。整个村落上空,都浮着一层水沙,像是依稀的炊烟,又似浓浓的人情味。我们并肩席地而坐,天南地北地聊天,等待着土耳其的日落。

慢慢地,太阳的光芒不再那么强烈,温度也不再那么灼热。阳光变成了玫瑰红色,整个棉花堡变幻出难以置信的光影奇迹,绮丽莲花台在夕阳的映衬下熠熠生辉。

我突然发现一个小伙,似乎总是出现在我们左右。我们坐下来后,他也坐到了不远的地方,一直盯着我们看。我被他看得有些不自在,可是每次我回看他的时,他就会立马躲开。我的警惕心理又在作祟。

我小声问阿莱:"他到底想干嘛?是不是要抢钱?"阿莱听后大笑,竟然大方地让那个小伙子过来。两个人开心地聊起来。阿莱指着我问他,"你是不是喜欢她?"那个男孩害羞地点了点头,说从山下就一直跟着我们上来,可就是不敢过来搭讪。阿莱没心没肺地猛得拉过我,把我推到他身边说:"这是我妹,随便跟她拍照。"

阿莱真是最佳损友啊。不过,整个气氛还是很开心。告别时,我主动跟他握手。他羞得满脸通红,真是可爱。

棉花糖,记忆中甜甜的、软软的味道。棉花堡,只因名字相似,却也带着丝丝甜味儿。

/你就是我心中的棉花糖/

/甜蜜的夢想/

一闪一闪亮晶晶

在长途汽车站，搭乘前往卡帕多奇亚的夜间巴士。

等车途中，有几个孩子，一直绕着我们跑来跑去，并用好奇的眼神看着我们。这时候我们只要对他们挥挥手，做几个鬼脸，就可以把他们逗得哈哈大笑。

晚上10点，我们顺利上车。大巴条件比想象中好很多，座位宽敞，车内还有卫生间。想到，要在这个狭小的空间内，窝一整晚，我还是有些抓狂。

大巴摇摇晃晃地上路了。等明天太阳升起，就可以到达最梦寐以求的卡帕多奇亚，我还是满心期待着。无意望向窗外，漫天繁星和银河盈满我的眼眶。没有想到，当时为了省钱定的夜间巴士，竟然带领我看到了我的梦想之景——繁星和银河。

深夜的我，像一颗渺小的星，和其它星星一起行驶在这浩瀚的宇宙中。

凌晨5点,我俩需要换乘。我有些胆怯了,看看伸手不见五指的窗外,连个人影都没有。我不由地紧张起来,思索着到底到哪站下。

这时,坐在前面的阿婆走向我们。她们用黑色的头巾把自己裹得严严实实,蹒跚地走过来,用唯一会讲的一句Hello向我们问好,大致听懂我们要去卡帕多奇亚,挥挥手示意我们跟着她们走。阿婆们对着我们一边笑,一边讲土耳其语。虽然一句都听不懂,但我们也频频点头以表示回应,就这样前言不搭后语地用英语和土耳其

/ 一闪一闪亮晶晶,满天都是小星星 /

语交流。我们一直没有停止欢笑。

就这样说着笑着,我们到达换乘站。两位阿婆双手合十、念念有词,那一刻我感受到她们应该是在为我和阿莱祈祷,希望我们接下来的旅途顺利。一位阿婆伸出手想和我握手道别,我紧张得不知所措,在她手背上亲吻了一下。两位阿婆都惊喜得大笑,她们立刻过来拥抱了我,亲吻了我的额头。

在这里,语言不是障碍,微笑成了最好的通行证。一次阿莱和几个土耳其男人一起抽烟,他们只听懂了阿莱说的university。一起却足足聊了十几分钟。

到达卡帕多奇亚,是次日早晨6点半,热气球之旅伴随着晨曦已经接近尾声。远处天空中依然零零散散飘着一些热气球,我激动得跳脚尖叫。

对卡帕多奇亚的初印象,还停留在多年前,是一张明信片上的风景。那风景正是卡帕多奇亚的热气球之旅。画面中山峦起伏、沟壑纵横,几百个热气球高高低低地飘在山谷上方。日出,给这一切都撒上了金色的光辉。

我翻山越岭慕名而来,乘坐整晚的大巴,拖着疲惫的身躯,光是看到了这山峦的一角,心潮就开始澎湃了。离梦想无限靠近的现在,不真实,却能用手触摸到它的温热。

昨夜,有漫天的星光,有仰望星空的我。你有多久没有抬起头,看看天、数数星星了。你还记得仰望的感觉吗?

人生在于遇见谁

我们入住在小村落——格雷梅。当地独特的地形,造就了各式各样的洞穴酒店和民宿。镇上的人,就像是原始人,住在露天的博物馆内。

清晨6点,太阳已然高挂,可万物还未复苏。

酒店老板是一个中年男子,他细声细语地跟我们讲话,生怕吵到那些还在沉睡中的花花草草。他告诉我们,洗个澡的功夫,就可以到旁边的二层花园用早餐了。

环顾这别具一格的小庭院,房间隐身于岩石之间。庭院内摆放着精致的木桌椅,爬墙虎布满岩石墙体。习惯了大都市的喧嚣,旅行时总想着返璞归真,相比于豪华大酒店,我更喜欢别具一格的民舍。可是要说民舍原始,房间内的设备却一点也不陈旧,家居用品一应俱全,冰箱里装满了饮料和水果。古老和现代的完美结合,谁会不动心呢。

早餐是自助的，有牛奶、咖啡、面包、新鲜水果等。我们把食物端到露天的花园阳台来吃。木质餐桌上铺着一块色亚麻布，桌角放着一朵白色小花。

放眼望去，远处的山谷、洞穴，好像暗藏玄机。真的有原始人住在那里吗？在葛雷梅的这几天，我们每天起很早，去露天花园享受清晨的第一抹阳光，啜饮一口浓郁的土耳其咖啡，再来点刚烤好的面包。完美一天，开始了。

游览卡帕多奇亚地区有两条经典线路，一条红线，一条蓝线，在葛雷梅随处可以租自行车。骑行是我最爱的观光方式之一。随遇的风景，要是喜欢，总是可以随时停下。

8月份的土耳其，温差非常大。晚上寒冷难耐，白天热浪汹涌。

土耳其自然风光，沿着我们骑行线路蔓延开来。金黄色波浪般的山谷，巨大的岩石高高耸立，岩石上布满黑黢黢的洞穴。到处散布着不同颜色、叫不出名的小花。

我忽略了这里的气候。还没骑多久，就被这汹涌磅礴的热浪摧毁了意志，车胎又爆在半路。我不得不推着自行车前行。一个小伙，看到我和阿莱顶着骄阳的狼狈模样，停下车，询问了大致原因。他专程开到我们租车的小店，叫老板把我们接了回去。

又一次陌生人的善意，又一次感动。谢谢土耳其。

第二天，我们报了一个当地的旅行团，我们团，只有我和阿莱两个中国人，剩下的有日本人，加拿大人，两个韩国女孩。这满满当当的一天，就是来自世界各地的我们共同度过的。导游是一个当地小伙儿，大家叫他阿卡。他皮肤黝黑，性格格外开朗。他讲解了一路，也跟我们开了一路玩笑。大家笑了一路。

我们一起参观了地下城，一起在山林间徒步，在船上共进午餐。跟天南地北的人，能在这个相遇，何尝不是一种缘分。

我们乘坐小巴，来到卡帕多奇亚最令人叹为观止的凯马克勒地下城。这是当年基督徒们为了躲避迫害，而建立的地下城池。它不是那种简单洞窟，而是一座设施完善，可容纳一万多人的地下城池。一路上，阿卡带着我们各种钻洞，看他们的房子、街道、市场、甚至墓地。

我们走到一个很深的大坑前，阿卡说："谁能猜出这个洞的功能？有奖品哦！"

我们七嘴八舌地讨论，大胆地猜测。大家越是猜不对，阿卡越是得意。谜底揭晓，他调皮地说："这其实是他们大便的地方！"他看着我们扭曲的表情，哈哈大笑起来。我们也笑成一片，纷纷做出捂鼻子的动作，可爱的加拿大大叔还假装落荒而逃，逗得我们前仰后合。

缘分真是奇妙。今天之前，我们都不认识彼此；今天，我们一起笑得很开心；而今天之后，我们可能就成为了朋友。缘分，不是求的，而是遇见的。而人生，不就在于遇见谁吗？

我自流浪，心自远方
—
196

/ 异域风光 /

KEEP CLAM AND CARRY ON

197

/ 許願樹 /

我要飞得更高

对我来说,旅行就该美美地出发,就要入乡随俗。

来土耳其,可以穿长裙裹头巾;去欧洲,可以穿得很文艺,戴顶太阳帽;去香港,可以拎个名牌包去购物。尝试融入一个城市,才是了解这个城市最好的方式。

为了迎接热气球之旅,我5点多就起来了。我穿了一条红色碎花裙,套了一件白色毛衣外套,准备和彩色的气球来一个完美约会!

虽然只睡了5个小时,我依然精神饱满。远处的山边,还挂着未退去的象牙色的半月。坐小巴来到目的地,近百个热气球躺在地下,工作人员在一旁检查,准备出发。很多游客在等候。我们的热气球可以坐12个人。素不相识的我们,都为接下来的热气球之旅,兴奋不已。

操作人员控制着喷火,把一股股巨大火龙喷进热气球里。工作人员简单地给我们讲了安全事项。我们都集中在热气球下,准备登舱。旁边的热气球不断地升起,尖叫声阵阵。终于,我们的热气球也腾空而起。

千奇百怪的峡谷,波涛般褶皱的山脉,交织的公路、散布的村落逐渐变小。不一会儿,近百个热气球像彩色的气泡,都升了起来,高高低低地浮在我们身边。热气球缓慢地转动着方向。太阳也缓慢地升了起来,鹅黄色的大地披上了一层金色的光芒。顺光、逆光,光影变换下,鹅黄色变成淡紫色。说来也奇怪,这巨大的岩石本应是坚硬和呆板的,经过风吹雨打,却形成了波浪般的褶皱,有一种沧桑的流动之美。看来,岩石也是有故事的人。

"你看过了许多美景,你看过了许多美女。你迷失在地图上每一道短暂的光阴,你品尝了夜的巴黎,你踏过下雪的北京。你熟记书本里每一句你最爱的真理,却说不出你爱我的原因,却说不出你欣赏我哪一种表情,却说不出在什么场合我曾让你动心,说不出离开的原因。" 不想离开,需要理由吗?

How do you say goodbye to some place you can't imagine living without?

I didn't say goodbye. I didn't say anything. I just walked away.

后记

回国后,我开始整理旅行的过往、思绪和情感、配上照片,慢慢地把它们变成一本书呈现在读者面前。我常说,我不属于任何一个圈儿,我只是一直坚持做自己的喜欢的事情。我一直不明白,为什么人们总强调30岁,应该拥有一套房子、一辆车、一段婚姻和一份稳定的工作,而不是拥有一本属于自己的书和一群志同道合的朋友?

我常想,为什么越来越多的人会爱上旅行。也许,是为了寻找一份平静。美景洗涤双眼,让在名利场上摸爬滚打的心,得到安宁。城市的喧嚣和烦恼,在大千世界面前,显得那么渺小。

旅行教会人勇敢。当生活暗淡失色,我知道最好的办法就是直面它、克服恐惧,不再害怕。旅者迟早是要回归日常，但这颗坚毅的心却不再平凡。任何困难和挫折都会变成前进的推动力，任何悲伤都会化为力量。我允许自己触底，但不允许自己在谷底待太久，我告诉自己触底后也要拼命反弹。我答应自己不困在回忆，不畅想未来，而是活在永恒的当下。这就是旅行的意义，我遇见了更好的自己。

无论日后多么繁忙，我希望给自己留出时间，或独处、或远行，或阅读、或与心灵对话。外表的光环充其量只是十年，而内在的修养却是一生的财富。我愿与这个世界优雅相待。

每个人生阶段，我都有一个期待，一个想要到达的远方。当旅行杂志中的风景，真实地出现在了我面前，我感受到了梦想的无限的可能性。我不再怀疑自己的行动力，不再怀疑梦想的力量。

那么下一个梦，去哪呢？

图书在版编目（CIP）数据

我自流浪，心自远方 / 马小鱼著 . — 北京：红旗出版社，2016.6
ISBN 978-7-5051-3730-1

Ⅰ . ①我… Ⅱ . ①马… Ⅲ . ①游记—作品集—中国—当代
Ⅳ . ① I267.4

中国版本图书馆CIP数据核字(2016)第045798号

书　　名	我自流浪，心自远方		
著　　者	马小鱼		
出 品 人	高海浩	责任编辑	赵智熙　周艳玲
总 监 制	李仁国	封面设计	杨祎妹
出版发行	红旗出版社	地　　址	北京市沙滩北街2号
邮政编码	100727	编 辑 部	010-64071348
E-mail	hongqi1608@126.com		
发 行 部	010-64024637		
印　　刷	北京联兴盛业印刷股份有限公司		
开　　本	620毫米×889毫米　1/16		
字　　数	150千字	印　张	14
版　　次	2016年6月北京第1版　2016年6月北京第1次印刷		
ISBN 978-7-5051-3730-1		定价　36.00元	

欢迎品牌畅销图书项目合作　联系电话：010-84026619
凡购本书，如有缺页、倒页、脱页，本社发行部负责调换